JN113110

手記　三島由紀夫様　私は森田必勝の恋人でした

長和由美子

秀明大学出版会

序文扉

序文

この度、長和様の手記発刊にあたり序文を寄せさせて頂くこととなり、うれしく存じます。同時に御意に添えるかと不安を感じております。

亡弟必勝との巡り会いから、約一ケ年に及び数々の御労苦を克服し、支えて頂きました。

その間の御厚情を拝察し、強烈に訴えてくるものを感じます。「死」という人間にとって極限にある異常な日々に癒し、慰め、勇気を与えて下さる存在でした。

通俗的な男女の関係を超越した二人のみの共有する、類まれなる人間愛と拝承し「天の摂理」ではと、認識させせられます。

半世紀を経た今日、語られる事実は変ることなく、心底に秘められていると信じます。

今回の御決断、勇気に心から敬意と感謝を奉げます。

終りに犬塚潔様の格別の御高配に重々御礼申上げ御挨拶と致します。

合掌

森田　治

令和四年七月二十五日

五十年の封印を解いて

森田さんとの思い出は、私一人のものとしてお墓までもっていくつもりだった。
森田必勝……もりたまさかつさん……
今、彼の名を知っている人はどれだけいるのだろうか。

——昭和四十五年（１９７０）十一月二十五日（水）、東京の陸上自衛隊市ヶ谷駐屯地で、日本を代表する作家であり、楯の会の隊長であった三島由紀夫は四人の楯の会会員と共に、憲法改正を呼びかけ決起した。計画はおよそ半年にわたって綿密に準備され、総監室内での乱闘後、二階のバルコニーから自衛官たちに憲法改正と決起を呼びかけ演説する三島。そして、その傍らでは毅然と立ち続けている学生長森田必勝。その様子はライブでニュース映像に映し出され、人々を驚かせた。しかも、その後、二人は共に割腹自決。このあまりに衝撃的な事件は、日本中を、いや世界中を震撼とさせた——。

三島先生は作家としてまだまだ脂の乗っていた四十五歳、皆から惜しまれた。しかし、それ以上に、共に絶命した森田さんは若干二十五歳。誰からも愛され、これから社会人として活躍を期待されていた。あまりに若かった……。

昭和二十年（１９４５）七月二十五日、第二次世界大戦の終戦間際に誕生した彼は、日本の勝利を夢見る両親の願いが込められた「必勝」という文字で「まさかつ」と名付けられたという。

昭和から平成、そして令和……あれから、すでに五十年以上の時が流れた。その間、私は森田さんのことを忘れたことはない。それは彼への想い以上に、彼をどうして止めることができなかったのかという後悔ともいえる複雑な想いだった。そして、もう一つ、当時の森田さんの行動に、私にはどうしても理解できない、解けない謎があった。

それが、森田さん没後五十年にあたる令和二年（２０２０）に出版された『三島由紀夫と死んだ男――森田必勝の生涯』（犬塚潔著、秀明大学出版会）を読んで、私は思わずハッとした。なんと、その中にこれまで私がどうしても解けなかった謎の答えがあったからだ。

私は、家族にも気づかれないよう納戸の奥に仕舞い込んでいたプラスチックのケースを探し出すと、当時の雑誌などと一緒に入れていた二冊の日記帳を取り出した。緑色の表紙は昭和四十五年の日記帳、赤い表紙は昭和四十六年の日記帳。あの時から、五十年間、ずっと人知れず封印してきた当時の日記帳。紙は焼けて少し茶色がかっていたが、そっとページを開いて読み返してみた。

黒いペンで書いた自分の文字がとても懐かしい。そしてそこには森田さんと私、二人が生きた確かな証があった。私だけが知っている森田さんがいた。

そして、もう一冊、古びたB５ファイルを手に取った。中には数十枚の記録用紙が綴じられている。タイトルは『フォーンセクレタリーサービス　楯の会　受発信票　モダンライフアッソシエーション』。当時、私の仕事先で使用していた記録だが、この存在を知っているのはごく限られた人しかいない。

『三島事件』、『楯の会事件』……　歴史に残る昭和の大事件、三島先生に関する本や資料は数え切れないほどある。しかし、森田さんに関する資料が無さすぎると言われている。

これまで私と森田さんのことを知っている友人からも、森田さんにとって最後の一年が大切だから、知っていることは残すべきだと言われてきた。確かに他の人に知っておいてもらったほうが良いと思われることもあった。しかし、衝撃と後悔、そしてぽっかりとあいた穴はあまりに大きく、私はすべてを自分の心の奥底に仕舞った。

けれども、あれから五十年……あの時、二十一歳だった私もそろそろ日記を処分したい、そんな年齢になった。

その後結婚した夫には、誤解を招かないよう、最初から森田さんとのことは伝えていた。数年前には、二人の子供たちにも森田さんとのことを打ち明けた。

そして、そんな子供たちからも背中を押され、五十年という時の封印を開けることにした。私目線のものではあるが、記録と記憶を頼りに残せるものだけ残そう、後世の森田さんを知らない人たちのために。そう決心した。

長和（旧姓柴田）由美子

目次扉

造本　真田幸治

手記　三島由紀夫様
私は森田必勝の恋人でした

第1章

1　渋谷　フォーンセクレタリーサービス

森田さんと出会うことは運命だったのかもしれない。

時は昭和四十四年（1969）。一九六〇年代後半、ベトナム戦争が激化し、これに伴って日本でも学生たちによるベトナム反戦運動や第二次反安保闘争が活発化していた時代。一方、高度経済成長の中、全国の国公立大学、私立大学では、授業料値上げ反対・学園民主化などを求め学生運動が起こっていた、そんな時代のことだ。

この年の三月、短大の食物科を卒業した私は、都内の病院に栄養士として就職することになった。病院を選んだのは、栄養士としての腕を一番発揮できると思ったからだ。病院には新卒の栄養士である男性と私の二人を含めた五人の栄養士がいた。

始めはやりがいもあり夢中だった。しかし、三ヶ月を過ぎた頃、イメージしていた仕事とは違うと感じるようになった。事務所の雰囲気にもなかなかなじめず、気軽に会話をする相手もいなかった。

そんなある休日、学生時代の友人の所へ遊びに行った。そこで私は秘書募集の広告を目にした。考えたこともない職業だったが、思い切って応募することにした。

一次試験をパスした。二次面接は、社長、専務、常務、秘書課長（女性）による四対一の面接だった。当然ながら、現状についての質問もあった。栄養士になってまだ三ヶ月、そのまま栄養士を続けた方が良いのでは……という助言もあった。私は自分の思いを素直に伝え、もし不採用なら、初心貫徹し栄養士を続けようと思った。

数日後、採用の電報が届いた。正直だめかと思っていたのでとても嬉しかった。病院には会社から問い合わせがあったらしく、特に問題もなく退社できた。

合格者は二名だった。


新しい職場は株式会社知性アイデアセンター（後に、株式会社知性社）といって銀座にあった。何から何まで新しいことばかりだったが、活気があって、一日があっという間に過ぎていく楽しい職場だった。

それから三ヶ月後の九月、出向先の事務所で結婚による寿退社の女性が出た。社内恋愛だった。ただ直属の上司だった常務には寝耳に水の話だったらしく、右腕だった彼女を失うことになってかなりショックを受けていた。

後任に新人二人のうちのどちらかをという話になり、諸条件から私の出向が決まった。そして、このことが後に森田さんと出会うきっかけとなったのだった。

出向先は、モダンライフアソシエーションといった。東京・渋谷の西武百貨店（現在「西武」に名称を変更）A館八階に事務所があった（後にB館一階に移動）。

渋谷といえば、当時も若者たちで賑わう街。戦後の復興で、様々な商業施設、高層ビルが次々と建設され、日本有数のビジネス街となった。昭和四十三年（1968）、そんな渋谷に、ファッション総合商社西武百貨店が開業すると、渋谷はさらにカルチャーの中心となった。

モダンライフアソシエーションでの仕事は大きく分けて三つあった。一つは会員制のコンサルタント業務、私も名前だけは知っている高名な先生方が揃っていた。そのための応接室が事務所に隣接して三室あった。二つ目がカルチャークリエートサービス、自費出版や自費レコード、自費映画の制作を請け負う仕事。特に自費での出版はまだ出版社が手がける前で人気があった。興味のある人はデパートが窓口とあって気軽に立ち寄ることができた。マスコミにもよく取り上げられ、後にプロの作家になった人もいた。三つ目がフォーンセクレタリーサービス、電話秘書業務。事務所の電話で受け取った内容を依頼者へ伝えるという仕事をしていた。あの頃は今ほど電話が発達していなかった。もちろん携帯電話などない。街にはいたるところに公衆電話があり、アパートに電話のないことは普通だった。

事務所の入り口にはカウンターがあり、その奥にある部屋の中央には机が四つ並べられ、直通電話が二台、内線電話が三台あった。朝十時から午後六時まで、四人で交代しながら電話を受けていた。ただし、百貨店の定休日の木曜日と、午後六時から七時だけは、銀座本社の秘書課で電話を受けることになっていた。電話交換手と違い、電話で受けた依頼者への伝言をメモし、その後、依頼者から確認の電話が掛かって来た時に、その内容を伝えるというものだ。毎日決まった時間に電話を掛けてくる方や、一日に数回確認の電話をされる方など様々だが、次第に声を聞いただけですぐにどなたかわかるようになった。

昭和四十四年（１９６９）十月、このフォーンセクレタリーサービス業務に三島先生が設立した『楯の会』が加わった。三島先生からの電話はもちろん、楯の会会員、入会希望者、マスコミなど外部の人たちからの電話を受けることになった。

事務所が入っていた西武百貨店は、当時は西武グループの中核企業。西武の専務堤清二氏は、辻井喬のペンネームを持つ作家で、三島先生とも交友があった。『楯の会』の制服を製作するにあたっては、フランスのシャルル・ド・ゴールの軍服をデザインした五十嵐九十九氏を手配したことは有名だ。また、モダンライフアソシエーションの小石原社長は、若者向けの総合雑誌や自費出版などで注目を浴びていた編集者であり、西武の堤専務とは懇意であった。おそらくそういう関係から、楯の会の連絡を引き受けることになったのではないかと思う。

その頃、私自身は『楯の会』の名前を知っている程度で詳しいことはわからなかった。後から知ったのだが、楯の会の学生長が十月十二日に持丸博さんから森田さんに代わり、同時に『論争ジャーナル』編集部内にあった楯の会事務所も新宿・十二社（じゅうにそう）にある森田さんの下宿先に移ったばかりだった。そのため電話連絡を管理するために私が勤務するフォーンセクレタリーサービスを利用することにしたようだ。

『フォーンセクレタリーサービス　楯の会受発信票　モダンライフアソシエーション』の初めての記録は……、

――昭和四十四年十月十三日　月曜日

時間　PM 5：50

担当　柴田

内容　森田様より　何か連絡は？

『楯の会』の学生長森田必勝さんからの電話を私が初めて受けた記録だ。

正直、その時のことはほとんど覚えていない。私の日記には、およそ十日後の十月二十一日に記載がある。

――昭和四十四年十月二十一日、火曜日

モダンライフアソシエーション。

私が出向勤務する事務所に『楯の会』の仕事が加わった。

フォーンセクレタリーサービス

受信票	依頼者	会員番号	氏名	連絡先電話	備考
			[illegible]の会		

84・10

依頼用件（受信）

月日(曜)	時分	担当	用件番号	内容	回数
10/13月	PM 5:50	柴田		森田様より。何か連絡は？	1
10/14火	PM 3:50	柴田	①	木山様より森田様へ。 京都の兄の所へ行かねばならなくなったので、明日の約束は中止にしてください。 兄は泉勝、tel 京都871～8021。21日には帰京します	1
	PM 5:25	村本	①	森田様より。上記①の件を伝達	1
	PM 6:20	前田		氏名不詳の方。何か連絡は？	1
	PM 6:30	細谷	②	原様より。『原班は今度の土曜日、上野発20:08のおが2号で出発、[illegible]着は22:35です』	1
	PM 6:45	根本	②	森田様より。上記②の件を伝達	1
10/15水	PM 5:20	柴田		森田様より。何か連絡は？	1
	PM 5:35	柴田		原様より。何か連絡は？	1
10/16木	PM 4:50	柴田		森田様より。何か連絡は？	1
	PM 5:10	柴田	③	中村様より原様へ。 金・土曜の行事は風邪のため参加できません。 西川、井上両君は野球練習のため不参加です。	1
10/17金	PM 12:05	柴田	④	森田様より。『服、クツとも、警棒、ベルトのない人は森田まで電話してください』 問合わせ者の全員に伝達のこと	1
	PM 4:50	柴田		森田様より。何か連絡が入っていますか	1
10/18土	AM 11:52	柴田	④	庄司様より。何か連絡は？ 上記④の件伝達	1
	PM 12:50	柴田	④	中村様より。何か連絡は？ 上記④の件伝達	1
			⑤	中村様より原様へ。 今日からの合宿は風邪のため参加できません	

コクヨ タイ-15

フォーンセクレタリーサービスの受信票

楯の会の学生長森田さんからは、それ以降毎日電話が入るようになった。

電話は月曜日から日曜日まで毎日朝十時から午後六時まで受け付けるため、四人で交代していたが、受発信票の記録を見ると、最初の二週間、ほぼ毎回私が森田さんの電話を受けていたことがわかった。

森田さんには、こちらが名乗る前に、「もしもし」という癖があった。ハスキーボイスと相まって、電話を取るとすぐ彼だとわかった。


「もしもし」

「モダンライフアソシエーションでございます」

「森田です。何か連絡入ってますか?」

あれば報告する。

なければ、「ありません」で終わった。

——十月二十九日　水曜日
時間　AM 11：45
担当　柴田
内容　三島先生から森田氏へ。

一日夜の約束はダメになった。三十一日（金）夜八時に変更してほしい。

他の人にも伝言頼む。

——十月二十九日、水曜日

初めて三島由紀夫氏からの電話を取った。

「三島由紀夫です」とフルネームで名乗った。

よく通る声、明瞭な語り口。森田さんへのメッセージだった。

「復唱してください」と言われ、メモを見ながら復唱した。とても緊張した。


日記にあるように、かなり緊張したことを覚えている。テレビで姿を見たことのある著名な作家三島先生の力強い声は今でも耳に残っている。

十月末は、一日に何回も森田さん以外の会員からも連絡が入った。十一月三日には『楯の会結成一周年記念パレード』が国立劇場の屋上で行われることになっていたので、忙しかったのだろう。

その後は、基本的に森田さんからお昼頃と夕方に電話が入るようになった。テレビ・ラジオなど外部からの取材依頼や、入会希望者からの問い合わせなどが増え、十一月十三日から十二月十二日までの十一月分で計九十六回の受信があった。

1968年11月28日

2　運命の出会い

十二月に入ると、事務所が入っている渋谷のデパートもクリスマス商戦真っ只中。街ではジングルベルの音楽が騒がしいくらい響いていた。

――十二月二十四日　水曜日
時間　PM 5：10
担当　○○
内容　（来社）

契約時間が改正され、定休日の木曜日以外、午前十時から午後六時四十分まで渋谷のフォーンセクレタリーサービスで受けることになった。このため三島先生の代理で学生長の森田必勝さんが渋谷の事務所に来社した。夕方の五時十分、いつもは電話が入る時間に受付に現れた彼は、がっしりとした体に短髪、いかにも早稲田の大学生といった感じの学ラン姿で、「森田です」と言った。

もう夕方だったが、私は「こんにちは」と挨拶をして応接室へ案内した。そして、お茶を運び、そこで改めて挨拶した。

「柴田でございます。いつもお世話になっております」

「森田です。いつもありがとうございます」
挨拶、名刺交換後、上司と交代すると、打ち合わせには一時間ほど要した。
森田さんの第一印象は、ごく普通の人。挨拶をきちんとする、とても礼儀正しい人だと思った。電話では毎日のように話をしていたが、顔を合わせたのは十二月二十四日、クリスマスイブ、この日が初めてだった。

その日のことを後になって、森田さんはこう言った。
「かいがいしく接待してくれた君が若かったので驚いた。電話の声には三十代の落ち着きと色気があった。君の声に惚れた」

（必勝さん、声だけですか？）

翌二十五日も森田さんから電話が入り、いつも通り連絡事項を伝えた。
私は十二月二十八日が仕事納めだった。昭和四十四年（１９６９）は、何事もなく過ぎた。

年が明けて昭和四十五年（１９７０）、事務所は一月四日から開始し、私は一月五日（月）から出勤した。

——昭和四十五年一月五日　月曜日

時間　PM４：00
担当　柴田
内容　森田氏より、何か連絡は？

時間　PM４：50
担当　柴田
内容　森田氏より、何か連絡は？

——一月六日　火曜日

時間　PM４：55
担当　柴田
内容　森田氏より、何か連絡は？

時間　PM６：39
担当　柴田
内容　森田氏より、何か連絡は？

受発信票を見ると、一月五日からは森田さんから夕方に二回電話が入るようになっていた。しかも十五日までの十日間で、連絡事項は一件のみ。

「連絡はありません」

と毎日伝えるしかなかった。

ちなみに十二月十三日から一月十二日までの十二月分の受信は計五十七回だった。

――一月十六日　金曜日

時間　AM 10：15

担当　柴田

内容　新宿区のN氏より、体験入隊希望、及び楯の会入会問合せ（要件番号①）

時間　PM 4：55

担当　柴田

内容　森田氏より、①の件伝達

この日、久々に森田さんに入会の問い合わせの連絡を伝えることができた。私も少し関係者のようで嬉しかったのかもしれない。その日の日記には、こうある。

——昭和四十五年一月十六日、金曜日

面識のできた森田さんは、仕事の話が済むと「個人的な話をしてもいいですか？」と、時に仕事以外の話をするようになった。

どんな話をしたのか。仕事の話の後に、ひとこと、ふたこと。例えば、年を聞かれた。

「年齢を聞いてもいいですか？」

「昨年、短大を卒業しました」

私がそう答えると、

「二十一歳か……」

と言って電話が切れた。

以来、連絡の電話の後に、そんなたわいもない会話が少しの間続いた。

3 初めてのデート

一月半ばになると、取材や原稿依頼、入会希望の問い合わせが増えた。『楯の会』について聞かれることもあり、なかなか難しい内容もあった。森田さんとの電話も仕事の話中心になった。

――一月三十一日　土曜日

時間　PM 2：30
担当　K
内容　森田氏より、何か連絡は？　S氏より連絡は？

時間　PM 5：05
担当　柴田
内容　森田氏より、何か連絡は？

時間　PM 5：50
担当　柴田
内容　TM氏より、森田氏へ
　電話番号が変わりました。〇〇〇・・・
　お願いしたいことがあります（要件番号⑦）

時間　PM６：20
担当　柴田
内容　ＴＭ氏より　上記の件、７時までおりますので、ＴＥＬ下さいとのこと
（要件番号　⑦'⑦）

時間　PM６：40
担当　柴田
内容　森田氏より、⑦'⑦の件伝達

——一月三十一日、土曜日

仕事の話が済んだところでお茶の誘いを受けた。
「もう一度、個人的に会いたい。」と言われた。
「お顔をハッキリ覚えていないかも。」と答えた私に
「僕が覚えています。」とキッパリ。

一月三十一日（土）、この日は、夕方に二本の連絡が入った。森田さんに電話番号が変わったことを伝えてほしい。夜七時までに連絡が欲しいという会員からのものだった。時刻はもう午後六時二十分を過ぎ

ていた。私は少し焦りながら森田さんからの電話を待った。

デパートの閉店時間の夜七時間際、ようやく電話のベルが鳴った。すぐに受話器を取ると「もしもし……」といつものハスキーな森田さんの声。そこで私は一気に受信した要件を伝えた。

「間に合ってよかった！　お電話待っていたんです」

仕事の話が済み私がホッとしていると、森田さんから不意にお茶の誘いを受けた。

「もう一度、個人的に会いたいと思っているんですが」

私は一瞬ビックリして、戸惑いながら、

「お顔をハッキリ覚えていないかも」

そう答えると、まるで私の言葉を遮るように、

「僕が覚えています」

森田さんはそうキッパリ言った。

一ヶ月前、森田さんに初めて会った時、悪い印象はなかった。私も仕事以外の話をする彼が気になり始めていた。そして、『楯の会』に対する興味もあった。

その日は予定もなかったので、「少しの時間なら」と承諾した。

森田さんは明るい声で続けた。

「六時四十分か。今、実は銀座にいるんです。新宿へは七時三十分かな。駅前は混むから西口にポリスボックスがあるのをご存じですか？」

「いいえ、知りません」

「西口を出て真っ直ぐ行くと左手に駐車場、右手にポリスボックスがあるからすぐわかりますよ。その前で待っていてください」

森田さんはそう言うと電話は切れた。

渋谷の事務所から直行すれば、七時には新宿の目的地に着いてしまう。私は社内の友人と少しおしゃべりをして時間をつぶすことにした。


一月末、冬の寒い夜にもかかわらず、新宿駅近くは多くの人で賑わっていた。七時三十分ちょうどに新宿西口のポリスボックスに行くと、森田さんのほうが早く到着していた。

私の姿を認めると、森田さんは笑顔で黙礼しながら近づいてきた。大きなバッグを手にしていたのが印象的だった。

すぐ近くの彼の行きつけらしい地下にある喫茶店へと案内されたが、あいにく満席。地上に上がり、東口へと移動した。

歩く道中、私は『楯の会』のことを聞いてみた。

「あの……森田さん、どういう動機で入会されたんですか？」

「記者みたいな質問するんだな」

森田さんは苦笑しながらも、自分が求めていた趣旨の会だったので、自衛隊に体験入隊するのをきっかけに参加したというようなことを話してくれた。

『楯の会』に関しては、仕事上ある程度の知識があり、興味もあった。しかし、この話題はどうも森田さんにとってあまり楽しくないようだったので、それきり口をつぐんだ。


次に向かった喫茶店も森田さんがよく行く店らしく、二階の片隅に席を決めた。寒い外から暖かい店内に入って落ち着くと、彼はコーヒー、私は紅茶を頼んだ。

森田さんと会ったのは二回目だったが、毎日のように電話で話をしていたので、すぐに打ち解けて話が弾んだ。

彼は優しい笑顔を見せながら家族のことを話してくれた。三重県四日市出身で両親とも教師で、恋愛で結ばれ、後に彼の父親は小学校の校長先生になったこと。その両親を三歳の時に亡くして、寂しさも手伝ってかなりのワンパク少年だったこと。彼が生まれた時は、すでに母親の身体が弱くて、乳母のお乳で大きくなったこと。小学校時代に群馬の親戚に預けられたが、言葉が違うのが嫌ですぐに三重に帰ったこと。一番上のお姉様の話、彼に与えた影響などなど、最初はもっぱら聞き役だった。

すると次は彼からの質問攻め。

「家族は？　お父さんは何をしているの？　兄弟は何人？」

私も彼の直球の質問に、普段はあまりしたことのない家族のことを話した。

「母は日赤の看護婦で。父は放射線科の医師だったんです。でも、私が幼い頃に父が亡くなったので兄弟

大隈通りを歩く森田必勝（左）

はいないんです。実家には、明治生まれの祖母がいます。祖母は村で一人だけ女子師範学校（現在の宇都宮大学）に進学して、大正から昭和の初めまで小学校の先生をしていたんです。当時は珍しかった自転車に袴姿で学校に通ったんですって……」

私がつい夢中になって答えると、

「なんだ、俺と同じじゃないか」

と、ひどく嬉しそうだった。

そして、

「母親の手一つで育った君も、両親を亡くして育った僕にも、そんな影が微塵もなく、よくもまあこんなにすくすくと大きくなったもんだなぁ」

彼が満面の笑顔で笑うので、私も思わず笑ってしまった。

それから恋愛論、男女の立場の違いに話は変わった。

「深い仲になったら男は責任を取るべきだ。責任を取るというのは女性にとって結婚することだろう」

初めてのデートで、私はこんな話をするとは思ってもみなかった。しかも、後の私たちに大きな意味を持つ言葉になろうとは想像もできず、聞き流してしまった。

森田さんは私より三歳年上、今まで私の友人たちは皆同じ年だった。話をしながら大人だと感じた。

そして、私のする質問に対する彼の答えはいつも完璧だった。非の打ち所がなかった。

彼は、二十一年間の私の人生で出会ったことのないタイプの男性だった。その人間的魅力に惹かれた。

この日を境に、森田さんとのお付き合いが始まった。

第2章

4　二人だけの秘密

フォーンセクレタリーサービスの仕事を始めた当初、自分の知らない世界のお客様との会話に緊張しながら、丁寧に的確に受信した内容を伝えることで精一杯だった。もちろん知り得た情報は秘密厳守。多くの方が年齢もキャリアも上だったこともあり、これまで仕事以外で会ってお話ししたことは一度もない。

私は東高円寺のアパートに暮らしていて、電話もなければ、部屋にはテレビもなかった。前年十一月三日の『楯の会一周年記念パレード』はテレビや新聞など報道でも大々的に取り上げられていたが、私はほとんど見ていない。『楯の会』そして森田さんに対して先入観はなかった。そして、森田さんは年齢も近くまだ学生だった。これが二人の距離を縮めたのかもしれない。

仕事以外で初めて森田さんと会った翌日、事務所で電話を待つ時間は長く感じた。上司にはもちろん、仕事仲間にもまだ話していない。一人そわそわしていたような気がする。

夕方四時過ぎに一件連絡があった。

――二月一日　日曜日

時間　PM４：10
担当　柴田
内容　入会問合せ　Ｋ氏（要件番号⑱）

森田さんから連絡が入ったのはそれからようやく二時間後。

――二月一日　日曜日
時間　PM６：20
担当　柴田
内容　森田氏より　⑱の件伝達

ようやく森田さんから電話が入った時、声を聞くだけで嬉しかった。しかし、いつものように要件を伝えるだけで、特別な会話はなかったと思う。

――昭和四十五年二月二日、金曜日
高校時代の友人と渋谷で会う。
午後八時四十分、食事注文後の暇つぶしに、森田さんに電話をした。

初めての私からの私的電話。

これまで森田さんとは仕事上の電話で会話をしてきた。それも森田さんから電話をかけてきてくれた時に限った。

もっと声を聞きたかった。もっと話をしたかった。

仕事帰り、渋谷で高校時代の友人と食事をした。私は思わず森田さんとの出会いや付き合いだしたことを話した。雄弁で笑顔の素敵な明るく健康的な人、森田さんの印象をそう伝えると、友人が会ってみたいと言い出し、料理が来るまでの間、お店から森田さんに電話をかけてみることにした。

あの頃は、今のように携帯電話もなければ、自宅アパートの部屋にも電話はない。アパートの大家さん宅の電話か公衆電話、あるいはこのようにお店の電話からしか連絡はできない。

新宿・十二社の森田さんのアパート小林荘の連絡先は知っていた。あの時、電話が繋がるまでの数秒間とてもドキドキしたことを今も覚えている。

「ハイ、小林荘です」

独特なハスキーボイスが響く。

「こんばんは……」

私の声に一瞬沈黙した。

「わかりませんか？」

「……ああ……」

　驚いた様子だったが、声は明るかった。

「まだ渋谷にいるのよ」

「あまり夜遊びはするなよ」

「友だちと一緒なの」

　私がそう言うと、森田さんは相手が気になったらしく、

「渋谷のどこにいるの？」

　すかさずそう聞いてきた。

「来る？」

　私が思い切って言うと、

「行こうか」

と森田さん。自分でも少し大胆なことをしたと思ったが、森田さんは嫌な様子も見せずに明るく応えてくれた。そして結局、三日後の二月五日（木）、デパートの定休日に会う約束をして電話を切った。

――二月四日　水曜日
時間　PM３：50

担当　柴田
内容　T氏より　森田氏へ
　本日七時にTELください（要件番号㉑）

時間　PM 5：30
担当　柴田
内容　森田氏より　㉑の件伝達

時間　PM 6：35
担当　柴田
内容　森田氏より　何か連絡は？

この日はクラウンレコードで『楯の会の歌』のレコーディングがあった。昨年十一月二十二日にクラウンレコードから依頼の電話が入っていたので、私も知っていた。

五時三十分、さらに六時三十五分、森田さんはスタジオから抜け出してきたらしく息せき切った様子で電話をかけてきた。そばに誰かいるらしく、私から一方的な明日のデートの打ち合わせをした。

「もしもし、森田です。何か連絡はありませんか？」

「はい、あります」

「お願いします」

「どこにする？」

「はい」

「銀座に出てみましょうか？」

「はい」

森田さんは話したくても話せない様子なので、私は面白がっていろいろ話しかけてみた。これには後でちょっぴりお小言をいただいたが、二人だけの秘密だった。

5　二人の時間

――二月五日、木曜日

午後五時三十分、銀座の日劇前にて待ち合わせ。

十分過ぎ、厳寒の中イライラ。劇場正面に目をやると彼が寒そうに立っていた。

私は宝くじ売り場の脇。お互いにプリプリしながら待っていた。

あの頃、銀座の日本劇場、通称「日劇」は日本初の高級映画劇場として娯楽の殿堂だった。湾曲した外壁は当時として斬新的で、多くの人々がここで待ち合わせをしたものだった。

　前日、スタジオからの電話で打ち合わせをしたのだが、こちらからの一方的な会話だったため、待ち合わせに行き違いがでてしまった。実際プリプリしていたのは私だけで、彼は決して不快感を出さない人だった。

　私は森田さんに会うとわかっていたので、前の日に美容院でカットをしてパーマもかけた。彼はすぐに私の髪に目を留めた。

「短すぎちゃった」

　私がそう言って肩をすぼめると、

「そのうち伸びるだろう」

と当たり前だが、素敵な返事をしてくれた。なんてさっぱりしているのかしらと思いながら、彼の言葉はすべて魅力的に聞こえた。

　この日、丸の内の私がたまに行くお店に行った。ワインで乾杯し、軽く食事をした。店内に貼られていたスキーのポスターを見つけると、森田さんは一年前の春休みにスキーに行った時のことを話してくれた。

「楽しかった?」

「簡単だと思って滑ったら、骨折してしまったよ」

「まあ」

森田さんは笑いながら話を続けた。

後から聞けば、楯の会の初めての富士学校滝ヶ原分屯地での体験入隊の時期だったそうで、骨折で自宅療養していた森田さんは一週間遅れで足を引き摺りながら訓練にも参加、三島先生はそんな彼のファイトを見て感心し、その後意気投合したという。

店から出ると、外は凍てつくような寒さだった。ちょうど近くの映画館で『マイ・フェア・レディ』が上映中だった。

「映画はどう?」

私が言うと、

「こういう映画はわかってしまうよ」

森田さんは乗り気ではなかった。

まだデートは二回目、これといった目的を持っていなかった私たちは、なんとなく銀ブラした。

大きな交差点で信号が赤になった時、私は不意に言ってみた。

「ねえ、昨日のレコーディング、再現して」

「え?　そんなこと突然言われても、照れちゃうよ」

森田さんはそう言ったが、私だけに聞こえるように歌いだした。

『起て！　紅の若き獅子たち』（楯の會の歌）

作　詞　三島由紀夫
作編曲　越部信義

一、

夏は稲妻　冬は霜
富士山麓にきたえ来(こ)し
若きつはものこれにあり
われらが武器は大和魂(やまとだま)
とぎすましたる刃(やいば)こそ
晴朗の日の空の色
雄々しく進め　楯の會

二、

憂ひは隠し　夢は秘め
品下(しなふ)りし世に眉あげて
男とあれば祖國(おやぐに)を
蝕む敵を座視せんや

1970年2月　レコードジャケット写真

やまとごころを人問はば
青年の血の燃ゆる色
凛々しく進め　楯の會

三、　兜のしるし　楯ぞ我(われ)
すめらみくにを守らんと
嵐の夜(よる)に逆らひて
よみがへりたる若武者の
頬にひらめく曙(あけぼの)は
正大(せいだい)の氣の旗の色
堂々進め　楯の會

三島先生が作詞されたという楯の会の歌を森田さんは歩きながらずっと歌ってくれた。本当にレコーディングを再現するように最後まで。あまり上手とはいえなかったけれど、私のためだけに歌ってくれていると思うと嬉しかった。歌は信号待ちに始まって、横断歩道を渡って日比谷まで続いた。

夜の日比谷。寒いからか、東京ではそうするのが自然だからなのか、周りを歩いているカップルは皆、ピッタリ寄り添っている。私たち二人も他所から見ればカップルだ。そんな様子を意識してか、森田さんがつぶやいた。

「俺は人前でデレデレするのは嫌だな」

「私も……あまり馴れ馴れしい男性は嫌だわ」

私が同意すると、森田さんはホッとしたかのように笑顔を見せた。


その後、どうしたいか意見を出し合ったが、お互いが妥協したかたちで『冬のライオン』という映画を観た。中世のイングランド国王ヘンリー二世をピーター・オトゥール、王妃エレノアをキャサリン・ヘップバーンが演じ話題になった映画だ。

休憩時間、森田さんは持っていた本を私に託して席を立った。残された私は預かった本をパラパラとめくった。『切腹』という題の本だった。読む時間はなかったが、切腹の歴史、儀式といったようなことが書かれていた。

戻ってきた森田さんに、思わず私は言った。

「すごい本を読んでいるのね」

すると、彼は一瞬しまった……というような顔をし、次に照れ笑いをすると、何も言わずに本を受け取った。

今考えても、この頃はまだクーデターの計画はなかったのではないかと認識している。

映画が終わり、外に出たが、二人とも別れがたく近くの喫茶店に入った。映画の感想はほどほどに、ここではもっぱら今後のことについて話し合った。

「三島先生に知られたらどうする？」

「プライバシーは関係ないよ」

「三島先生って、どんな方？」

「そうだな……尊敬できて、一番こわい存在……」

森田さんはそう言っている最中、誰かの視線を感じたようで急に立ち上がった。そして、衝立を隔てた隣の席の紳士にニコニコしながら会釈した。その男性は早稲田の英語の先生だったと後で聞いた。彼はリラックスしている時でも、いつも周りに気を配っていた気がする。

「短大時代、何を学んだの？」

森田さんが質問した。

「食物学専攻、栄養士の免許を持っているの」

「へえ、そうなんだ。じゃあ、手料理を食べてみたいな」

いきなりそうねだられて少し驚いたものの、嬉しかった。

話は途切れることなく続き、閉店を告げるアナウンスが流れたので慌てて席を立った。十一時近くだった。

　地下鉄の丸ノ内線に向かう途中、デパートに掲げられた大きな聖バレンタインデーの広告が目に付いた。森田さんが質問してきた。

「二月十四日か……何コレ？」

　長々説明をするのも面倒だったが、もしかして森田さんは知っているのにわざわざ聞いているのでは、そんな気がした。

「女性が男性にチョコレートをプレゼントする日よ」

「へえ……」

「誰にももらえないと可哀想だから、十四日にあげるね」

　つい憎まれ口を言ってしまった。

　地下鉄の車内、森田さんがしきりに何か話しかけてくれたが、騒音で聞こえない。彼の笑顔だけが目に映った。新宿駅で降りた彼は、ニッコリと振り返って手を挙げた。

　それからも、森田さんとは仕事の電話が中心で、午後六時過ぎにかかってきた電話の時だけ少し私的な会話をした。

昭和四十五年（１９７０）一月十三日〜二月十二日、一月分として計八十六回受信の記録がある。

６ 春休み

二月、大学が春休みに入って、フォーンセクレタリーサービスには、入会希望の電話が増えた。三月から五期生の体験入隊が始まるというので、それに伴って取材なども多かった。

——二月二十四日　土曜日

時間　AM 10：20
担当　N
内容　入会希望　G氏（要件番号①）

時間　PM 2：40
担当　柴田
内容　三島由紀夫氏より　森田氏へ
　体格検査を二月二十四日午前9時〜12時まで　市ケ谷の衛生課で行うので9時までに集合のこと

1969年3月　リフレッシャー
前列の左から3人目が森田必勝、5人目が三島由紀夫（高橋富男氏撮影）

問い合わせは陸幕広報部H二佐に連絡（要件番号②）

時間　PM 5：00
担当　柴田
内容　森田氏より　①、②の件伝達

時間　PM 6：10
担当　柴田
内容　森田氏より　何か連絡は？

――二月十四日、土曜日

午後八時三十分、どうしてこんな時間なのか。多分彼の都合だったと思う。
新宿西口地下ポリスボックス前、ここがいつもの待ち合わせ場所。
地上に上がり、西口角にある日東紅茶のお店（喫茶店）でチョコレートを渡す。
嬉しそうな笑顔。

この日、森田さんから大学を留年するという話を聞いた。勉強というより、楯の会の活動が忙しそうな様子は感じていた。
「お兄様にそんなに甘えてらしていいの？」
私は柄にもなくお説教じみたことを言ってしまった。その気まずさを打ち消すように手料理を食べたいと言われていたので、翌日招待することにした。

――二月十五日　日曜日
時間　PM６：20
担当　O
内容　森田氏より　何か連絡は？

休みは、基本デパートの休館日の木曜だったが、この日も私は仕事が休みの日で、部屋の掃除をして料理の準備をした。

――二月十五日、日曜日
手料理と言われていたので招待した。部屋で二人きりになるのはまだ抵抗があったので、同室のＴＫさんもご一緒に、ということになった。私も友人を呼んでいた。
四人で鍋パーティー。失敗がない手抜きの手料理。二人は手土産にケーキを買ってきてくれた。お互いの友人を紹介し、たらふく食べて解散した。

私の住んでいたアパートは、共有の玄関に靴箱があり、そこから二階に上がって一番奥の南東角部屋だった。四畳半に小さなキッチンと押入れがあり、トイレは共同だ。あの頃はそういうのが普通で、狭い部屋で四人鍋を囲んでワイワイ楽しい時を過ごした。森田さんと一緒に小林荘に住んでいたＴＫさんともフォーンセクレタリーサービスの電話で会話をしていたので、これを機に森田さんとも一気に親しみが増した気がする。

――二月二十二日、日曜日

今日は一日電話がなかった。例会のために抜け出せなかったのだろうか。

過去にもそのようなことがあった。でもあの時は、「明日は電話できないよ」と言ってくれたのに。

楯の会では、月に一回日曜日に例会があると聞いていた。日時や場所は一定ではなく、毎回三島先生から指示を受けた学生長の森田さんが会員たちにハガキで知らせていた。

前回の例会は一月二十五日日曜日。その日は夕方五時半には、いつものように森田さんから確認の電話が入った。

日記にあるように、一日電話がなかったのは年が明けてから初めてだった。前日の二月二十一日には九回も連絡事項があったので、少し心配になった。

――二月二十三日、月曜日

昨日のことが気になり電話したが、留守だった。電話口にはお会いしたＴＫさんが出た。気になっていることを話した。

この日、私は仕事が休みだった。一人心配して気を揉むのは嫌だったので、森田さんに電話をすることにした。森田さんが住む小林荘に電話したのは二回目だった。森田さんは不在で、電話口には私の部屋で鍋を一緒に食べたＴＫさんが出たので、思い切って心配していることを話した。

すると、効果てきめん、翌日には三回も電話があった。

――二月二十四日　火曜日

時間　PM３：50
担当　О
内容　森田氏より　何か連絡は？

時間　PM５：00

担当　柴田
内容　森田氏より　何か連絡は？

時間　PM 6：25
担当　柴田
内容　森田氏より　何か連絡は？

普段は午後六時を過ぎると上司が帰る。
午後六時二十五分、三回目の電話の受話器を私が取ると、上司がすでに帰っていると思った森田さんはすぐに私的なおしゃべりを始めた。実際にはまだ上司がいたため私はヒヤヒヤしながら適当なところで相槌を打って電話を切った。どうやら彼は私が怒っていると感じたようだった。上司が帰ってから改めてこちらから電話をして事情を説明すると誤解が解けた。
会って話せばすぐにわかることも、電話だけで理解できないことがある。

――二月？日
記載なし

実は、当時の日記の文章がすべて残っているわけではない。森田さんを失ってすぐ、その喪失感から森田さんに関するものを処分しようと思ったことがある。そのため、所々抜けているところがある。

この日の記述がどうしてないのかわからないが、三月一日から森田さんが自衛隊の体験入隊に出かけるまでのことだということは確かだ。

二月末、いつものように新宿で会った。三月一日より二十八日まで楯の会の五期の体験入隊のため御殿場にある富士学校滝ヶ原分屯地へ行くと聞いた。

それならば、ちょうど中日の十五日日曜日にサンドイッチの差し入れをしてあげると約束した。

森田さんは手帳に……、

小田急線↓御殿場バス　国立青年の家行き、自衛隊前下車

この日は三十名くらい

と書いてくれた。

――二月二十八日　土曜日

時間　PM 6：35

担当　柴田
内容　森田氏より　何か連絡は？
　明日から28日まで自衛隊に参りますので、その間の連絡は倉持氏がいたしますとのこと

そして、毎日かかってきた電話が途絶えた。

7　異変

三月に入ると、フォーンセクレタリーサービスへ外部から楯の会への電話は少なくなったが、一期生の倉持さんから毎日確認の電話が入った。
連絡がないとわかっていたが、森田さんからの電話がないと少し張り合いがなかった。

——**三月八日　日曜日**
時間　PM 12：35
担当　K
内容　森田氏より　S氏へ
　十二日（木）二十一時（PM 9：00）までにレンジャー隊舎まで到着のこと。但し、新入会員

と話がしたければその日の午後でも可。尚、大変寒いので防寒の備えをし、山登りをするので
その服装をととのえて来ること。

倉持氏へ　十日（火）８：００までに到着のこと。この日時以外は不可。
（右記の伝達のため倉持氏に発信）

御殿場にいる森田さんから三月八日に連絡が入った。私は昼の休憩をとっていたのか、別の担当者が受け、後で教えてくれた。電話に出られずとても残念だった。伝言の内容から、寒い中で大変な訓練をしているのだろうと想像した。

――三月八日　日曜日

時間　PM４：55
担当　柴田
内容　倉持氏より　何か連絡は？
時間　PM６：30
担当　柴田

内容　森田氏より　何か連絡は？

夕方五時近く、倉持さんから確認の電話が入った。これで楯の会の連絡は終わりだろうと思ったところ、午後六時三十分に電話が鳴った。これまで森田さんが電話をかけてくる時間。もしかして……かすかな期待を持ち受話器を取った。

「もしもし……」

すると、受話器から聞こえてきたのは聞き慣れたハスキーボイス。まさしく森田さんだった。不意の電話と嬉しさで、何を話したか覚えていないが、一週間後、約束のサンドイッチの差し入れに行くことを確認したと思う。およそ一ヶ月に及ぶ体験入隊で森田さんは学生長という責任ある立場。忙しい中、わずかでも時間を割いて連絡してきてくれたことが嬉しかった。

そして、一週間後には御殿場で森田さんに会える。

――三月十四日　土曜日

時間　PM６：25
担当　柴田
内容　森田氏より　先月の⑲の件について確認ＴＥＬ

――三月十四日、土曜日

東京に急用ができて二～三日戻っているという電話が入った。

差し入れは中止になった。

いよいよ明日、御殿場の自衛隊分屯地で体験入隊している森田さんに会える。仕事を終えたらすぐに食材の買い物をしようと思っていた。

そんな日の六時過ぎに森田さんから電話が入った。仕事の話を終えると、森田さんは急用で東京に戻っているので、明日の御殿場への差し入れは中止にしてほしいと言った。彼が御殿場にいないのなら、差し入れに行く理由はない。その時は、残念だが仕方がないと思った。

けれども、後になって不思議に思った。東京に戻らなければならなかった急用とはなんだったのだろう。東京に戻っているのなら、なぜ会うことができなかったのだろう。

いや、森田さんは本当に東京に戻ったのだろうか。

時が経って、手に入れた資料によると、この頃初めて三島先生からクーデターを起こす計画が打ち明けられたという。森田さんが二日間東京に戻ったことと何か関係があったのだろうか。

いや、もしかして、私が御殿場に行くこと自体がいけなかったのかもしれない。私の存在を三島先生に知られてはいけないと思ったのではないだろうか。

森田さんからは、それからしばらく電話はなかった。

――三月二十六日、木曜日

あと二日で彼が帰ってくる。

長い間お疲れさまでした。自衛隊でのお話をお伺いできるのを楽しみにしています。そんな手紙を出した。

――三月二十九日　日曜日

時間　PM 6：20

担当　柴田

内容　森田氏より　何か連絡は？

御殿場でのおよそ一ヶ月の体験入隊を終えた翌日、以前のように午後六時過ぎに森田さんから電話が入った。手紙は読んでくれたのだろうか。いろいろ話したいこと聞きたいことがあったが、その日は疲れているだろうと思い、こちらからはあまり余計な話はしなかった。

――三月三十日　月曜日

時間　AM 10：10
担当　柴田
内容　三島由紀夫氏より　森田氏へ
　　全員の制服の襟と袖のカラー補給を西武百貨店に依頼して下さい、とのこと

翌日の朝、三島先生から電話が入った。しばらく先生ご本人が直接電話をかけていらっしゃることがなかったので、かなり緊張してしまった。夕方、森田さんからの電話の際に三島先生からの要件を伝えると、森田さんもいつもより真面目に受け答えをしていたような気がした。

電話だけでこれだけ緊張するのだから、もし御殿場へ差し入れに行っていたら、どうなっていたのだろう。私は、三島先生にお会いすることができたのだろうか。

三月三十一日火曜日、朝から日本中にニュースが走った。羽田空港発の日本航空機が赤軍派を名乗るグループにハイジャックされたのだ。私たちの仕事に影響はなかったが、日本でこのような事件が起こるとは思いもしなかった。

――三月三十一日　火曜日

時間　PM４：45
担当　柴田
内容　森田氏より　何か連絡は？

時間　PM６：00
担当　柴田
内容　日刊スポーツ新聞文化部Ｉ氏より
制服ということで取材している。楯の会の制服観をうかがいたい。また制服姿の写真を写させて欲しい、とのこと
（本日早くてＰＭ９時まで在社、本日中に連絡して欲しい）（要件番号⑩）

時間　PM６：40
担当　柴田
内容　森田氏より　⑩の件伝達

――四月一日　水曜日

時間　PM４：45

担当　柴田
内容　森田氏より　何か連絡は？

三月三十一日、四月一日と森田さんからの電話を私が受けた。けれども、特別に会う約束をするような話にはならなかった。

そして、四月二日から六日までの五日間、私は森田さんの電話を受けなかった。休みの日もあったが、意識的に出なかったこともあった。

一方、三島先生からは森田さんへの伝言の電話が入るようになった。

――四月七日　火曜日

時間　PM 5：55
担当　K
内容　三島由紀夫氏より　森田氏へ
本日6：30以降、次へTELください。
築地料亭『田村』TEL○○・・・
もしTEL No.が違っていたら調べた上でTEL乞う。

時間　PM 6：10
担当　柴田
内容　三島由紀夫氏より　森田氏へ
　　料亭『田村』に到着しましたので、連絡がつきしだい（6：30以前可）ＴＥＬくれるよう伝言
　　願います。とのこと

三島先生から続いた二本の電話。これまでと違う……なぜかそう感じるようになった。

第3章

8 想い

——四月十日、金曜日

午後九時から十時。良い色に日焼けした彼が突然来た。少しやつれた感じ、心配した私に「二キロほど痩せたかな」と真っ白い歯で笑った。

このあと友人のところへ行くと言った。新高円寺駅まで一駅二人で歩いて別れた。

突然森田さんが訪ねてきたのには驚いた。夕方、仕事の電話の時には何も言っていなかった。一ヶ月半会っていなかったが、その変貌が自衛隊の体験入隊がどれほど大変だったのかを物語っていた。食事をするでもなく、喫茶店に入るわけでもなく、ただただ一駅歩きながら、お互いの近況を報告するだけで別れた。

勝手にいろいろ心配してしまったが、わざわざ会いに来てくれたことで、森田さんに対する心配も不安も消えていった。

——四月十三日　月曜日

時間　PM 6 : 30
担当　柴田
内容　森田氏より　何か連絡は？

六時三十分、森田さんから伝言の確認の電話が入った。仕事の話が済むと、

「今日、行くよ」

そう言って電話が切れた。こちらの都合も聞かず、何時に来るとも言わなかった。


夜九時頃、森田さんは背広姿で週刊誌を手に現れた。とてもよく似合っていた。

「友達が来ているの」

この日は、ちょうど友人も訪ねてきていた。彼は嫌な顔も見せず加わり、話好きな友人のペースで談笑。飲み物など接待しながら様子を見ていると、二人だけの時の森田さんとは違うなと思った。

森田さんはまだ私に遠慮しているのだろう。私もまだ彼との距離を感じていた。

「君たち何か話があるんだろう。週刊誌を読んでいるから、二人で話したら」

森田さんは気を利かせてそう言った。私と友人は、若い女の子らしくおしゃべりに花を咲かせた。

その日、森田さんは十二時過ぎに帰った。私は会えたことの嬉しさだけで、森田さんが背広姿だった意

味も考えなかった。もしかすると、彼も私に何か話があったのかもしれない。

——四月二十六日、日曜日

新宿一時、いつもの所で待ち合わせる。

銀座に出て『砂丘』という映画を観る予定。

時間があったので神宮球場の六大学野球・早稲田対明治戦を観戦。

雨で席が汚れていたのでコートを脱いで座るよう勧めてくれた。

ナイトな彼。


森田さんとの待ち合わせで「いつもの所」といえば、新宿西口地下ポリスボックス前。一度日劇で待ち合わせた時、お互い場所を勘違いしてしまい大失敗した。

花曇りの神宮球場には学生中心に多くの観客が集まっていた。大声で応援する人、仲間と飲みながら楽しんでいる人たち、まさに青春のひとときだ。

私にとって森田さんは仕事の依頼者である『楯の会』の学生長という肩書きも大きかったが、早稲田大学の学生が本業。この日は大学生とお付き合いしていることを実感した。

野球のルールに疎かった私に森田さんは丁寧すぎるくらいの解説をしてくれた。

「今、ボールを投げたのがピッチャー。相手のバッターは打ったら一塁、ほら、あっちの方に走るんだ。

塁を一周してホームベースを踏んだら一点入る。ストライクが三つでワンアウト。アウト三つで攻守交代だよ」

私もそのくらいは知っていたが、森田さんのこういう真っ直ぐで一生懸命な人柄が好きだった。

映画を予定していたので途中で神宮球場を出たが、その後試合が二対一で早稲田が勝ったとわかると、

「実は、俺が応援に来ると必ず早稲田が負けるけど、今日は勝ったな」

森田さんはとても嬉しそうだった。

「そうなの? じゃあ、きっといいことあるわね」

ちょうど横断歩道が青信号になった。森田さんは歩きながら、

「来年は必ず卒業するよ」

そう力強く、決意するように言った。

学生である現在、二人の付き合いにこれ以上の進展がないと思ったのかもしれない。森田さんのこの言葉に私も二人の将来を考えた。

——四月二十六日　日曜日
時間　PM 3：05
担当　K
内容　森田氏より　M氏へ

明日 PM 7：00　新宿駅西口ポリスボックス前に待ち合わせをしたいが都合はどうか。なお、あなたの特徴を知らせてほしい

銀座に向かう途中、森田さんは公衆電話に入った。フォーンセクレタリーサービスの受発信記録にも、電話連絡の記録がある。毎日、伝言を確認するというのは、常に楯の会のことを考えているということ。その責任感の強さを改めて垣間見た。

薄暗い雲が立ち込めるはっきりしないお天気の日曜日とあって、映画館はどこも大入り満員、立ち見しかないという。映画を諦めて帰ろうとしたとたん大粒の雨が降り出した。傘を持ってこなかった私たちは、友人の勤務先が近かったので、傘を借りることにした。小さな女物の傘一本。森田さんと二人寄り添い傘に入った。肩と肩が触れ合う……今までで一番近くに彼がいた。

銀座から電車に乗って東高円寺に着くと、雨は止んでいた。二人で夕食の買い物をし、アパートまで重たい荷物は森田さんが持ってくれた。

私はアパートに着くなり急いで夕食の準備を始めた。

「昨日は、大島に行ってきたんだ」

森田さんはそう言うと、少しウトウトし始めた。こんなに気を許した様子の彼を見たのは初めてで、微笑ましい気がした。

小さなアパートの部屋で二人だけの夕食。この日のメニューは、ごく普通の家庭料理。どれも美味しいと喜んで食べてくれた。

しばらくして、ふと会話が途切れた。そして、

「夫婦って、いつもこうしているんだろう？　何を話しているのかな。毎日毎日よく飽きずにいるね」

ちょっと照れくさそうにそう言った。

「言葉を交わさなくてもお互いの考えていることがわかるようになるんじゃないかな」

私がそう答えると、森田さんは納得したような顔で、また食べ始めた。

9 計画

――四月二十七日　月曜日

時間　PM 5：40
担当　K
内容　三島由紀夫氏より、森田氏へ
　29日〈水〉予定は空手も休み、面会も休みです。皆さんにお伝えください。
　尚、今晩十一時森田氏アパートへ三島先生がTELします、とのこと

私は森田さんとの将来を考えるようになっていた。

けれども、四月に入って、すでに三島先生とクーデター計画の話が進んでいたことが後になってわかった。

まず森田さんに話があって、次に小賀正義さん、そして小川正洋さん。計画の内容がまだ決まっていなかったとはいえ、森田さんはいったいどういう思いで私と会っていたのだろうか。森田さんからの伝言の確認の電話は毎日入り、私もほぼ毎日のように電話で会話をしていた。

――五月五日　火曜日

時間　PM 2：00

担当　柴田

内容　三島由紀夫氏より　森田氏へ

　　明日は防衛庁陸幕部に行くので空手にはレコードを持参します、とのこと

四月二十九日、楯の会の歌『起て！　紅の若き獅子たち』のレコードが発売された。ニュースや雑誌等でも話題になり、私は二月のレコーディングの翌日、森田さんに歌ってもらったことを思い出した。

――五月五日、火曜日

友人Y来宅。森田さんの話をしたら、会ってみたいというので、「電話してみる？」と私。ところが、彼女が自分で電話をした。留守だったようで、電話口に出た人に「遊びに来てください」と伝言したという。

一時間ほどで彼が来宅。いつも前もって約束してから会っていたので（彼は突然来ることもあったが）何事かと思い駆けつけたと言った。

楯の会の歌レコード　1970年4月29日発売

事情を聞いて、彼女に挨拶して「忙しいから後ほどゆっくり」と言って帰っていった。

(ごめんなさい、迷惑かけました)

森田さんは、本当にいろいろなことを考えていたと思う。それでも、私のことも気にかけてくれていた。

——五月十日、日曜日

先月二十六日に観られなかった映画を観に行く約束。二時で早退した。

この日も朝から雨、日を改めようかと電話をすると、TMさんのアパートに昨晩泊まり込みとか。

「そちらに電話してください」と言われる。


教えられた番号に電話をし、TMさんを呼び出してもらい、森田さんに取次いでもらった。間もなく受話器から聞こえてきたのは実に眠そうな森田さんの声。これほど寝起きの声が変わる人がいるのかと驚いた。これまで森田さんの他所行きの姿しか知らなかったのかもしれない。ちょっと可愛い面を見た気がした。

「起こしちゃって、ごめんなさい。天気も悪いから、映画は中止にしましょう」

「いや、悪いのはこっちだ。ここ、君のアパートに近いから、五時過ぎに行くよ」

「大丈夫？」

「ああ」

電話を切ると、また雨が降り出した。

私は、森田さんにできることは何だろうと考えた。

（そうだ、彼が来るまでに夕食の準備をしておいて驚かそう）

そう思うや否や、急いでスーパーに買い物に出かけた。彼が好きそうなもの……メニューはお寿司にした。にぎり、のり巻き、おいなりさん。彼を喜ばせようと思いすぎて、たっぷりできてしまった……どうしよう、作り過ぎた。


五時過ぎ、森田さんがアパートに現れた。ただし、一人ではなく、友人二人を伴って。ＴＭさんとＦさん。丁寧な紹介をされた。お寿司をたっぷり作っておいてよかった。私も友人を一人呼ぶことにした。森田さんに会いたがっていたＹだ。

途中、森田さんが消えた。と思ったら、お酒を買ってきた。いや、それだけではない。フォーンセクレタリーサービスへちゃんと伝言の確認の電話も入れていた。

私の四畳半の部屋に、男女五人が揃った。

「今夜は寿司パーティーだ」

みんな大喜びで飲んで食べた。ＴＭさんは飲み過ぎて、お寿司が入らない。森田さんはほどほどに飲んで、私の手作りのお寿司を美味しそうに食べてくれた。そして、トランプをして盛り上がって、十一時過ぎに解散した。まさに青春の一ページだった。

のちに森田さんのことを書いた『烈士と呼ばれる男——森田必勝の物語』（中村彰彦著）では、昭和四十五年の五月の連休明けから、森田さんの生活は大きく変化していたとある。仲間の一人は、「第一に目が笑わなくなった」と感じたという。

けれども、あの晩、確かに森田さんは満面の笑顔を私たちに見せてくれた。

三月は一ヶ月に及ぶ体験入会があり、フォーンセクレタリーサービスの受発信は五十一回だったが、四月十三日から五月十二日までの四月分で計百回の受信があった。

五月に入ると、会員たちからの伝言や入会希望者の問い合わせなども多くなった。

——五月二十七日、水曜日

午後十一時三十分から午前一時三十分来宅

私の日記には、森田さんが突然来宅したことしか書いていない。

この頃、楯の会では、六月四日から六日にかけてリフレッシャーコースという短期体験入隊に関する伝言が多くあった。

森田さんからは、ほぼ毎日午後六時半前後に最後の確認の電話が入り、お互いの近況を話していたので、特に心配していなかった。来年、彼が大学を卒業するまでは現状のままで……何となく、そう思っていたのかもしれない。

——六月五日、金曜日

私は社員旅行で大阪万博へ。すごい人、どこもかしこも長蛇の列。

幸い日本のパビリオンのいくつかは会社のコネで裏口から並ばずに入れた。

目玉のアメリカ館の月の石は興味があったので、唯一長蛇の列に並んで間近で見た。とりたてて変わったところはないように思えたが、これがそうなのかと思った。

三月十四日から日本万国博覧会、通称大阪万博が開催されていた。世界七十ヶ国以上が参加し、日本中がお祭り騒ぎだった。モダンライフアソシエーションでは、仕事を交代で休むために二つのグループに分けて社員旅行に出かけた。

森田さんと出会ってから、仕事ではもちろん、プライベートでも電話で話すことが日常となっていた。

その晩は、京都のホテルから彼に電話をした。

「さすがに大阪にホテルが取れなかったから、京都にいるのよ。どこもかしこも長蛇の列ですごい人だったわ。月の石、見ちゃった」

「いいナー」

羨ましそうな声を出す森田さん。遠く京都にいても電話から聞こえる森田さんの声はいつもと同じだ。

いつか一緒にいろいろなところへ行ってみたいと思った。

——**六月五日　金曜日**
時間　PM 4：35
担当　S
内容　森田氏より　何か連絡は？
　　　6／3、4は　何もなしの旨連絡

時間　PM 6：05
担当　S
内容　K氏からTEL　小川さんからTELなかったですか？　何もなしの旨連絡

——**六月六日　土曜日**
時間　AM 11：00

担当　N
内容　UさんからTEL　小川さんから連絡なかったか？　何もなしの返事
時間　PM 12：00
担当　S
内容　MさんよりTEL　小川さんから？　なし

私が大阪に行っている間、フォーンセクレタリーサービスにはこんな受発信記録があった。皆、小川さんと連絡を取りたがっていたようだ。この頃には、三島先生のクーデター計画のメンバーに小川さんは加わっていて、森田さんとも連絡を取り合っていたはずだ。

10　男と女に友情はあるか

――六月八日、月曜日

男女間に友情はあるか。そんな話をした。「私はあると思う」と言った。
彼は「男と女の間に友情なんてない」と言った。

大阪万博の社員旅行から帰ってきた翌日、この日も私は事務所に出勤しておらず、夜になって森田さんが訪ねてきた。いろいろ話をするうち、今までとちょっと違う話題になった。

私には学生時代に男友達がいた。私と彼は栃木の小学校の時、共に新聞委員だった。同じクラスになったことはない。

六年生は五クラス、男女二人ずつで十人いた委員の中から顧問の先生がよく集合をかけた四人がいた。私と彼もその中にいた。四人は委員会の日以外も、先生の用事を手伝うためよく集まった。運動会の時は、見晴らしの良い教室で激しく入れ替わる赤組白組の点数を掲示する係を四人でワイワイやったものだ。

それから数年後、東京の短大に進学した私は、実家に帰省する電車の中で偶然彼と再会した。小学校以来で、懐かしさもあって連絡先を交換した。彼も東京の大学に進学していて、その後何度か喫茶店でお茶を飲んでおしゃべりしたり、食事をしたりした。彼は長身でいわゆるイケメン。女性にモテたと思う。でも、私は一度も彼に恋心を抱いたことはなかった。いつも友人だった。おそらく彼も同じだったと思う。

そんな話を森田さんにした。

すると、森田さんがいつになく真顔で聞いた。

「じゃあ、俺たちはなんだ」

私は一瞬戸惑い、こう答えた。

「友人なら悩まない」

結局、話はそのまま進まず、彼はまもなく帰って行った。

（男と女の間に友情なんてない）

森田さんはどうしてこんな話をし出したのだろう。私はモヤモヤした気持ちをおさえながら、彼を信じるしかないと思っていた。

——六月十一日　木曜日
時間　PM 12：30
担当　K
内容　森田氏より　古賀氏へ
　　夕方4：30にパレスホテル　スナックに来て欲しい

六月十一日木曜日、渋谷の西武百貨店が定休日のため私は出勤していない。電話は銀座の本社で受けている。

森田さんの友人や楯の会の会員の方の名を皆知っているわけではないが、のちにこの受発信票を見て、疑問に思った。

古賀さんへの要件は伝わったのだろうか。「コガ」さんとは、本当に「古賀さん」なのだろうか。「小賀さん」ではないだろうか。

クーデターに参加した楯の会会員は、森田さん、小川さん、小賀さん、そして古賀さん。資料によれば、フルコガさんと呼ばれた「古賀浩靖さん」は、メンバーとして最後に九月に加わることになったという。

私たちフォーンセクレタリーサービスの担当者は、森田さんたちと毎日電話でやりとりをしていたが、その活動の実態を知る由もない。

五月十三日～六月十二日の五月分、計一〇五回の受信があった。

――六月十三日、土曜日

かしましい友人たちにこの頃盛んに聞かれる。

「森田さんとはどうなっているの?」と。

お付き合いが三ヶ月も過ぎれば何かが起こるはずだ、と言うのだ。

私たちのお付き合いは五ヶ月が過ぎていた。

「何もないわよ」と言うと、「隠してない?」と疑わしそうな目で私を見る。

友人たちの言葉にそんなものか、と思った。

森田さんとお付き合いを始めて約五ヶ月、二人のことを知っている人はそんなに多くはなかった。私の部屋で鍋パーティーやお寿司パーティーを一緒にした学生時代の友人や同じアパートに住む女友だち。フォーンセクレタリーサービスの同僚たちはそれとなく気づいているが、表立って話はしていない。そして、森田さんが住む小林荘に集う十二社グループの仲間たち。

女友だちは皆私のことを心配してくれた。森田さんは、三島由紀夫という著名な作家が創設した『楯の会』の学生長だ。テレビや雑誌にその顔を映し出されることもあり、普通の大学生とは言えない。

一方、私は短大を出て社会人になったばかりの二十一歳。これまで真剣にお付き合いした人はいなかったし、学生時代の友だちとは違うと思っていた。

森田さんとのことを真剣に考えようとすればするほど、どうして良いかわからなかった。

——六月十三日　土曜日

時間　PM 12：15

担当　T

内容　U氏より　小川班より連絡は？

時間　PM 2：42
担当　T
内容　M氏より　小川班より連絡は？
時間　PM 3：45
担当　T
内容　K氏より　何か連絡は？
時間　PM 5：05
担当　柴田
内容　森田氏より　要件等伝える

六月十三日、私が友人たちにいろいろ聞かれていたその日、その後の資料によると、三島先生と森田さん、小賀さん、小川さんの四人は、ホテルオークラの８２１号室でクーデターの計画について具体的に話し合っていたという。

六月二十一日には、山の上ホテル２０６号室に集まり、さらに計画を立てていたらしい。

私はそんなことも知らずに、森田さんとのこれからを考えていた。

――七月二日、木曜日

友人Yが来ていたところに、突然森田さん来宅。

森田さんとお寿司パーティーで一緒だった友人Yが遊びに来ていた。森田さんのことを唯一相談できる存在だった。

「森田さんの気持ちがイマイチわからないの」

悩みを打ち明けたところだったので、森田さんが訪ねてきた時は私も友人も驚いた。

森田さんが加わって三人で雑談をしていると、Yがいきなり森田さんに質問した。

「由美ちゃんのこと、どう思ってるの?」

「え? どうって……」

変な質問に森田さんは目がテンだった。

「Yちゃん……!」

私も慌てるが、Yは森田さんに、

「好き?」

と畳み掛ける。

すると、森田さんはニコニコ照れながら、大きく頷いた。

Yは安心して先に帰り、私と森田さんは二人で外に出た。五月雨の降る中、歩きながらなんとなくお互いの気持ちを確かめ合って別れた。

――七月五日　日曜日

時間　PM 5：10

担当　柴田

内容　森田氏より　何か連絡は？

ほぼ毎日、森田さんからの最後の電話連絡は午後六時過ぎに入った。この日は、午後五時過ぎに連絡が入ったので、また掛かってくると思っていた。しかし、これきりだった。少し気になったが、忙しいのだろうと思った。

その後の資料によれば、この日は山の上ホテル２０７号室に三島先生と森田さん、小賀さん、小川さんたちが集合し、決行は十一月二十五日の例会の日にすると決めたという。準備は着々と進められていたのだった。

――七月七日、火曜日

午後十時過ぎに来宅。

ルームメイトにおじさんが来たので今日は友人の所に泊まる予定だと言った。

会話が弾み日付が変わった。


この頃になると、約束して外で会うことがなくなり、森田さんは私のアパートに不意に訪れることが多くなった。夕方事務所に電話をかけてくる時に言ってくれれば事前に準備することもできるのだが。

七夕の夜、二人の会話は弾んだ。あっという間に時計は十二時を回っていた。

「そろそろ電車がなくなるよ」

「タクシーがあるよ」

「無駄遣い」

「じゃあ、歩いて行く」

そう言われては答えようもない。また何気ない会話が続き、森田さんはなかなか帰ろうとしない。結局、友人の所へは行かなかった。

ふと、二人の間にかつて訪れたことがある重苦しい空気が流れた。あのときは二人が破った空気だった。

「……」

「好きなんだから仕方がない……言い訳じゃないよ、独り言……」

彼はそうつぶやくと、夜明け前に優しい笑みを見せて帰って行った。

森田さんは私を大事に思ってくれている、そう感じた。何も知らない私は、森田さんだけしか見ていなかった。

――七月十日　金曜日

時間　PM 3：35

担当　柴田

内容　市ヶ谷・自衛隊のW氏より　森田氏へ

　本日5時までか、明日AM 8：30〜12：00までの間にTEL下さいとのこと

この連絡の詳細はわからない。しかし、この頃、三島先生は十一月の例会の日、市ヶ谷基地内のヘリポートを楯の会の体育訓練場所として借用することに成功していたという。

翌十一日、運転免許を持っていた小賀さんは三島先生から依頼されて、当日使用するための中古車のコロナを購入していた。

――七月十三日　月曜日

時間　PM 4：50

担当　柴田
内容　市ヶ谷・自衛隊のＷ氏より　森田氏へ
明日おいでいただく件につき、打ち合わせをしたい、本日5：30までか明日AM 8：30〜もいずれかにＴＥＬ下さいとのこと。（要件番号①）

時間　PM 5：15
担当　柴田
内容　森田氏より　①の件伝達

時間　PM 5：20
担当　柴田
内容　森田氏より　①の件確認ＴＥＬ

この日の受発信票を見ると、午後五時過ぎに二回森田さんから確認の電話が入っていたことが記録されている。自衛隊との打ち合わせ……今になれば気になる。

――七月十八日、土曜日

日比谷スカラ座前で会う。映画を見る予定。

上映時間には間があったので映画館近くの喫茶店でコーヒーを飲んだ。

七夕の日以来の逢瀬だ。私は彼を身近に感じていた。

しかし、彼はどことなくぎこちない。そして急用ができたので、映画は一時間ほどしか付き合えないと言う。

途中で彼が帰って一人で観るのも嫌だし、私も映画は止めにして帰ることにした。私の家は東高円寺、新宿までは一緒である。態度が何となく余所余所しい味気ない別れだった。

また、森田さんの心がわからなくなった。


久しぶりに約束して映画を見に行くことになり私は嬉しかった。七夕の晩、森田さんが言った言葉を思い出した。

けれども、たった十一日間であんなにも森田さんの様子が変わるなんて私は信じられなかった。しかも、約束をしたのに途中で急用が入るなんて不思議だ。今のように携帯電話を持っていたわけではない。どうして急に変わったのだろうか。

私は森田さんのことだけ、森田さんとの未来を考えようとしていた。

しかし、森田さんにはあの計画があった。私との仲が深まることに苦悩していたのかもしれない。

クーデター計画は進行中だった。

11 七月二十五日

その後、森田さんは普通に事務所へ電話をしてきたと思う。私も彼が忙しいことはわかっていた。今度会ったら、二人のこともゆっくり話そう。できるだけ心地良い存在になろうと思っていた。

――七月二十二日　水曜日

時間　PM 4：55
担当　柴田
内容　森田氏より　何か連絡は？

――七月二十二日、水曜日

電話で二十五日に会う約束をした。
彼の二十五歳の誕生日を二人で祝うつもりだった。

森田さんと出会ってから、森田さんといるだけで、話を聞くだけで充実した時を過ごし、自分も成長していると思った。けれども、三つ年上の森田さんとの距離は縮まるどころか、それ以上に、速いスピードで離れていく気がした。
もっと二人の時間を共有したかった。森田さんのことを知りたかった。

――七月二十五日　土曜日
時間　PM 5：25
担当　柴田
内容　森田氏より　何か連絡は？

――七月二十五日、土曜日
森田さんの二十五歳の誕生日。
私は彼のために精一杯腕を振るい料理した。
二人用の小さなバースデーケーキと乾杯用のワイン、プレゼントも買った。
十時、十一時、十二時、一時……このくらいの時間に来ることもある。でも遅い。
二時、三時。諦めて床に就く。
ウトウトしたのは四時過ぎた頃、気がつくと朝だった。彼は来なかった。

七月二十五日、フォーンセクレタリーサービスに森田さんから電話が入った時には、特に約束の確認はしなかったと思う。本人の誕生日なのだから、忘れるはずがない。それなのに、なぜ彼は来ないのだろうか。

私は得意のビーフシチューとサラダ、ワインのおつまみなどテーブルに載り切らないほど用意していた。

午後十時……十一時……

急用が入ったのかもしれないと思った。

でもそれならば、これまでの彼なら、どんなに遅くなっても来たはずだ。

十二時……午前一時……

日付が変わってしまった。

二時……三時……

ついに私は諦めて、布団を敷いて横になった。蒸し暑い真夏の夜。静まり返った部屋には扇風機の微かな音だけが響いた。

窓の外から鳥の声が聞こえだし、気がつくと朝だった。

彼はとうとう来なかった。

夏の暑い日、アパートに冷蔵庫などない時代、食事は全て廃棄処分した。作るときはあんなに楽しかったのに……部屋の小さな流しで料理を捨てながら、悲しくて悲しくて、声も出さずに大粒の涙を流した。

不信感でいっぱいになった。

私は本当に彼に愛されているのだろうか？


この日のことが、後にまで尾を引くことになる。

決断すべき大切な時もこの一件が邪魔をした。

――七月二十六日、日曜日
いつものように電話のベル。

昨日のことを何か言うだろうと思っていたのに、何事もなかったかのように仕事の話だけして電話が切れた。

事務所は私一人ではない。私からは話せなかった。

どうなっているの？


一度、仕事の電話をしたきり、私は数日、楯の会の電話に出なかった。

そして、森田さんからも電話が来なくなった。八月一日から二十五日まで、伝言の電話連絡は森田さんから倉持さんに変わったのだった。

森田さんは、以前、夏休みは友人二人と北海道旅行に行くと言っていた。実家の四日市に帰るとも言っていた。

手紙ひとつも来なかった。

長いブランク。

森田さんの心がわからない……。

もう無理だと思った……。

この後の日記には、しばらく森田さんのことがない。クーデター計画が彼の思うように進んでいたのかもしれない。

第4章

12 夏の終わり

昭和四十五年（1970）の夏、私はこんな切ない日々を過ごしたことはなかった。好きな人と出会い、二人で会うようになって、これから一緒に楽しい時をもっと過ごせると思っていたのに……。

七月二十五日、夏生まれの森田さんの誕生日を二人でささやかに祝おうと思った。ただそれだけなのに、その日を境に彼と会話さえできなくなった。

私は何か彼を怒らすようなことをしてしまったのだろうか……。何があってこうなってしまったのか、私には皆目見当もつかなかった。

一体、私が何をしたのだろうか……。

いや、私はどうすれば良いのだろうか……。

悲しくても、辛くても、私にはなす術がなかった。

楯の会の会員たちの多くは学生のため、夏休みは長い。例年は夏の体験入隊があったというが、この年はいわゆる六期の体験入隊はなかった。

フォーンセクレタリーサービスにも八月十二日に倉持氏から電話が入って以降、およそ二週間電話連絡はなかった。

楯の会の受発信記録には、七月十三日~八月十二日、七月分は計四十八回受信とあるように、これまでよりかなり少なかった。

そして、夏の終わり、ようやく彼からの電話が入った。

――八月二十五日　火曜日
時間　PM1:50
担当　柴田
内容　森田氏より　留守中の件、3件報告

――八月二十五日、火曜日
森田さんからの電話が再開された。
「元気か」と聞かれたので、「心が病んでます」と答えた。

一瞬沈黙はしたが、多忙な彼は私の心の病が深いことに気付かなかった。

仕事の電話とはいえ、ずっと待っていた森田さんの耳慣れた声が聞こえた時、本当に嬉しかった。でも、まるで何もなかったようなそっけない言葉に、また心が折れた。

「元気か？」

元気なはずがない。どうしてそんなことを言うのだろう。

「心が病んでます」

私はつい正直に言ってしまった。

一瞬の沈黙……彼はどう感じたのだろうか。

私も何か続けて言えば良かったのだが、森田さんはとても忙(せわ)しない様子で、それ以上プライベートな話はせずに電話は切れた。

夏の間、私がどれほど辛い思いをしていたのか森田さんは知らない。いや、彼にはその余裕もなかったのかもしれない。

七月下旬から八月下旬まで、森田さんは三島先生、小賀さん、小川さんたちとホテルニューオータニなどでクーデターの計画を練り続けていたらしい。さらに、五人目として、古賀さんを加える案も出たという。

森田さんがどんな思いで夏を過ごしたのか、私も知らなかった。

――九月一日　火曜日
時間　PM6：40
担当　柴田
内容　森田氏より　何か連絡は？

――九月二日、水曜日
七月二十五日の誕生日の決着はついていない。
聞きたくても電話で話すチャンスがない。彼も無視を決め込んでいる。

八月二十五日以来、また毎日森田さんからフォーンセクレタリーサービスに伝言を確認する電話が入るようになった。これまでのように夕方の電話が多かったが、特別な話をすることはなかった。

この頃、楯の会には外からの連絡がほとんどなかった。夏の体験入隊がなかったせいか、入隊希望者からの問い合わせも、例会に関するものも、取材の依頼もなかった。かつて一日に数本の電話が入って忙しかったこともあったが、不思議なくらい静かだった。

――九月九日　水曜日

時間　PM5：55

担当　K

内容　森田氏より　何か連絡は？
　9／10・11は連絡しない。要件があってもそのままにしておいてください。

――九月九日、水曜日

夏休み前、最後にあってから久しい。

多忙な彼は毎日電話で私の声を聞くだけで満足のようだ。

その頃の森田さんの行動は、かなり後になって、公になった資料等で知った。

九月二日（水）、森田さんと小賀さん（チビコガさん）は、楯の会の憲法研究会の帰りに、新宿・十二社のスナックで古賀さん（フルコガさん）にクーデターの計画のことを伝えたとある。

九月九日（水）には、三島先生と銀座のレストランで決行日や内容について話し合い、三島先生は、「ここまで来たら地獄の三丁目だよ」

そう語ったという。

そんな話が進んでいたことをいったい誰が想像できただろうか。

楯の会では、学生長の森田さんを筆頭に、翌九月十日(木)から十二日(土)まで、リフレッシャーという自衛隊での短期体験入隊に一期生から五期生までおよそ四十名の会員たちが出掛けて行った。

八月十三日~九月十二日の八月分、フォーンセクレタリーサービスでの楯の会の八月分の受信は二十四回、発信も含めて四十二回だった。

そして、私たちの夏も冷え切ったまま終わってしまった。

13 真意

楯の会のリフレッシャーの体験入隊中は電話がなかったが、九月十二日(土)、十三日(日)、十四日(月)はいつものように、夕方二回森田さんから伝言の確認の連絡が入った。

しかし、九月十五日(火)、電話が一回もなかった。

これまでは森田さんでなくとも代わりに楯の会の誰かが連絡をしてくるのが普通だったので、何か少し気になった。私とのことはともかく、楯の会としての連絡確認は大切なはずだ。

ただ、この夏のことを考えれば、一日連絡が来ないくらい、大したことはないのだろうとも思った。

——九月十六日　水曜日
時間　PM 5：30
担当　柴田
内容　森田氏より　何か連絡は？

案の定、翌日の十六日は、またいつもの通り森田さんから電話が入った。

私が森田さんのことを心配しても仕方がない。私のことなど、もう森田さんの頭の中にはないのかもしれない。


けれども、私が気になったことは決して間違いではなかった。

電話がなかった九月十五日火曜日は、クーデターを決行する五人のメンバー、三島先生、森田必勝さん、小賀正義さん、小川正洋さん、古賀浩靖さんが最初に会った日だった。千葉県野田市で行われた忍者大会を見物した帰りに、浅草両国橋の近くのイノシシ料理屋で五人が会ったという。

楯の会の最も重要な計画をそこで話していたのだ。電話などする必要がなかったのだろう。

五人は、森田さんは、いったいどんな気持ちだったのだろうか。緊張と興奮……抑え切れない想いがきっとあったに違いない。

――九月十七日　木曜日

時間　PM 5：50
担当　K
内容　森田氏より　何か連絡は？

時間　PM 6：35
担当　K
内容　森田氏より　何か連絡は？

毎週木曜日は西武百貨店の定休日なので、私は事務所に出勤していなかった。この日の電話連絡は銀座の本社で受け取ることになっていた。

――九月十七日、木曜日

午後九時三十分から十二時三十分。三島先生のことで忙しかったのだろう。久しぶりに来宅。

もう心がわからない。

七月二十五日のことも話した。四時まで待っていたと。

黙って聞いていて何の弁解もない。プレゼントだけ渡した。


森田さんは、突然家にやってきた。日焼けした顔に一回り大きくなったようにがっしりとした体。会えなかった一ヶ月半がいかに長かったかを実感した。

あの時の私は、会えた嬉しさを伝えるよりも、七月二十五日の誕生日のことしか考えられなかった。森田さんはなぜ誕生日に来てくれなかったのか。私がどれほど森田さんのことを想って待っていたのか、何度も何度も伝えた。けれども、なぜか森田さんははっきりした答えを言わず、うやむやにするばかり。まるで私が駄々をこねて困らせているかのようだった。


森田さんは自分勝手だと思っていた。どうして私の気持ちをわかってくれなかったのかと思っていた。

森田さんの誕生日の謎はあの時からずっと解けないまま、私は森田さんの真意を知らずにいた。

ところが、今になって、森田さんが亡くなって五十年が過ぎて、出版された『三島由紀夫と死んだ男森田必勝の生涯』を読んで初めてわかった。

七月二十五日、その日は森田さんの誕生日であり、最愛のお母様の命日だったのだ。

どうして、あの時森田さんは正直に言ってくれなかったのだろうか。

――七月二十五日は母親の命日なんだと。とても祝う気持ちにはなれないと――

一言そう言ってくれていたら、私は彼の愛を疑わずに済んだのに……。

恐らく、お母様が亡くなってから、家族で一度も誕生日を祝ってもらったことなどないのだろう。七月二十五日が来るたび、彼は複雑な思いだったに違いない。もし、そのことを知っていたら、私ももっと別なことをしていたと思う。


そして、もしかして……。

七月二十五日当日、森田さん自身は、自分の誕生と母親の死が同じ日という運命に、改めて生と死を意識するようになったのではないだろうか。

あの時、もっときちんと彼の話を聞くべきだった。そして解決しておくべき問題だった。そうすれば、私たち二人の運命は違っていたかもしれない……。

――九月十八日、金曜日
午後六時三十分から十時三十分。映画『戦争と人間』を観る。
午後十一時四十分から午前二時三十分、昨日のこともあった。
さすがの彼も私の心の病みに気付いたのだろう。家まで送ってくれた。

森田さんとのデートの多くが映画だった。『戦争と人間』は五味川純平の同名大河小説を映画化したもので、昭和初期の軍国主義が台頭しはじめた時代、軍人と手を握る新興財閥の人間模様を中心に、満州を舞台に繰りひろげられる人間群像ドラマ。どちらがこの映画にしようと言い出したのかはよく覚えていない。けれども、お互いすれ違った心をまた元に戻したいと思っていた。

森田さんの誕生日から一ヶ月半、それまでのように明るく振る舞おうとしたが、私はまだ誕生日のことでモヤモヤした気持ちがあり、どこかよそよそしさが出ていた。

森田さんの真意を計りかねている私に、彼は言った。

「毎日会わなくても、言葉に出さなくてもわかるだろう」

私は少し拗ねて言った。

「わからない……」

すると、言い終わらないうちに、彼の熱いくちびるが私の口を塞いだ。

また突然だった。

昨日まで放っていたお詫びのつもりか、慰めのつもりか……。

でも……これで私は騙された……。

14 女の心、男の心

九月十七日（木）、十八日（金）と二日続けて森田さんと会った。一ヶ月半会えなかった辛さも、一気に吹き飛んだ。二人の間が急速に近づいたと思った。

けれども、狂った歯車は簡単には戻らなかった。

九月十九日（土）から二十五日（金）までの一週間、フォーンセクレタリーサービスへの森田さんからの電話に私が出たのは二十日（日）だけだった。シフトのせいか、タイミングが悪かったのか、別の担当者が受信し、私が以前のように彼と電話で話すこともできなかった。

――九月二十五日　金曜日

時間　PM 12：00
担当　柴田
内容　M氏より　森田氏へ
　　　今度の例会は試験のために出られません　とのこと。（要件番号①）

時間　PM 2：50
担当　T
内容　楯の会について説明して欲しい

時間　PM５：00
担当　Ｋ
内容　森田氏より　①の件伝達

この頃は十一月二十五日の計画がだいぶ進んでいたのだろう。当日の例会に招集する楯の会会員についても話し合っていたという。

それでも、時折、森田さんは、私のアパートを訪ねてきた。ただ、顔を出す程度でわずかな時間しか一緒にいることはできなかった。

あれだけ大きな秘密を抱えていれば、いろいろと矛盾が生じる。森田さんとの会話の中でも、信じられないと思うことがあった。


いつだったのか日記には書いていなかったのだが、森田さんが自分の写っている写真を五、六枚見せてくれたことがあった。楯の会の夏の制服姿だった。

「一枚ちょうだい」

私がそう言うと、

「どれがいい？」

森田さんは写真を並べて見せてくれた。

私は笑顔が素敵な写真を選んだ。

「誰にも見せないか?」

「ダメなの?　見せるかもしれない」

私はちょっと冗談のつもりで答えた。

「それなら渡せないよ」

森田さんは少し残念そうな顔をして写真をしまうとそのまま持ち帰ってしまった。誰にも見せないと言えば良かったとすぐに後悔した。それにしても、せっかくの写真をどうして誰にも見せてはいけないのだろう。その方が不思議だった。

――九月二十六日、土曜日

「女心がわかっていない」と言ったら、「男の心がわからないのに、女の心なんかわかるわけがない」と言われた。

森田さんと出会った頃は、話すことすべて楽しく、尊敬することばかりだった。けれども、だんだんお互いの状況や気持ちが理解できなくなり、行き違いが増えた。

時間が必要だと思った。私はもっと一緒にいる時間さえあれば、お互いの心をわかりあえると思っていた。

今、日記を見て思う。

男の心がわからないのに……それは三島先生の心だったのかもしれない。

そして、その後、私に話したくても話せない三島先生の言葉があったと知る。

三島先生は森田さんたち四人にこう言ったという。

「女には絶対話すな。女というものは理解あるようなことを言っても、最後には必ず裏切るものだ」

15 すれ違う二人

――九月二十九日　火曜日

時間　PM 5：17
担当　T
内容　森田氏より　何か連絡は？
　　市ヶ谷会館の電話番号を教えて欲しい
時間　PM 6：32

担当　Ｔ
内容　森田氏より　何か連絡は？

九月二十九日（火）、森田さんからいつも楯の会の例会を行う市ヶ谷会館の連絡先を尋ねる電話があった。

翌九月三十日（水）は、例会のため、電話はなかった。

森田さんから九月二十六日（土）に電話を受けてから数日、私は楯の会の担当をしなかった。休みをとっていたのか、たまたま出なかったのか、それとも意識的に出なかったのかは覚えていない。

ただ少し気になったことがあった。楯の会の例会は、五月まで日曜日に市ヶ谷会館で行われていた。それが、六月二十九日（月）、七月十六日（木）、八月三十一日（月）、九月三十日（水）と不定期になったのだ。

また、それまで一期の倉持清さんが会員たちに連絡をしていたものを、十月、十一月、十二月は三島先生ご自身でされることになったという。

私から森田さんに楯の会について聞くことはなかった。それでもお互いのことを話す会話の中でふと楯の会が出てくることはあった。私はその断片的な内容から森田さんの日々を想像するしかなかった。

――十月一日　木曜日

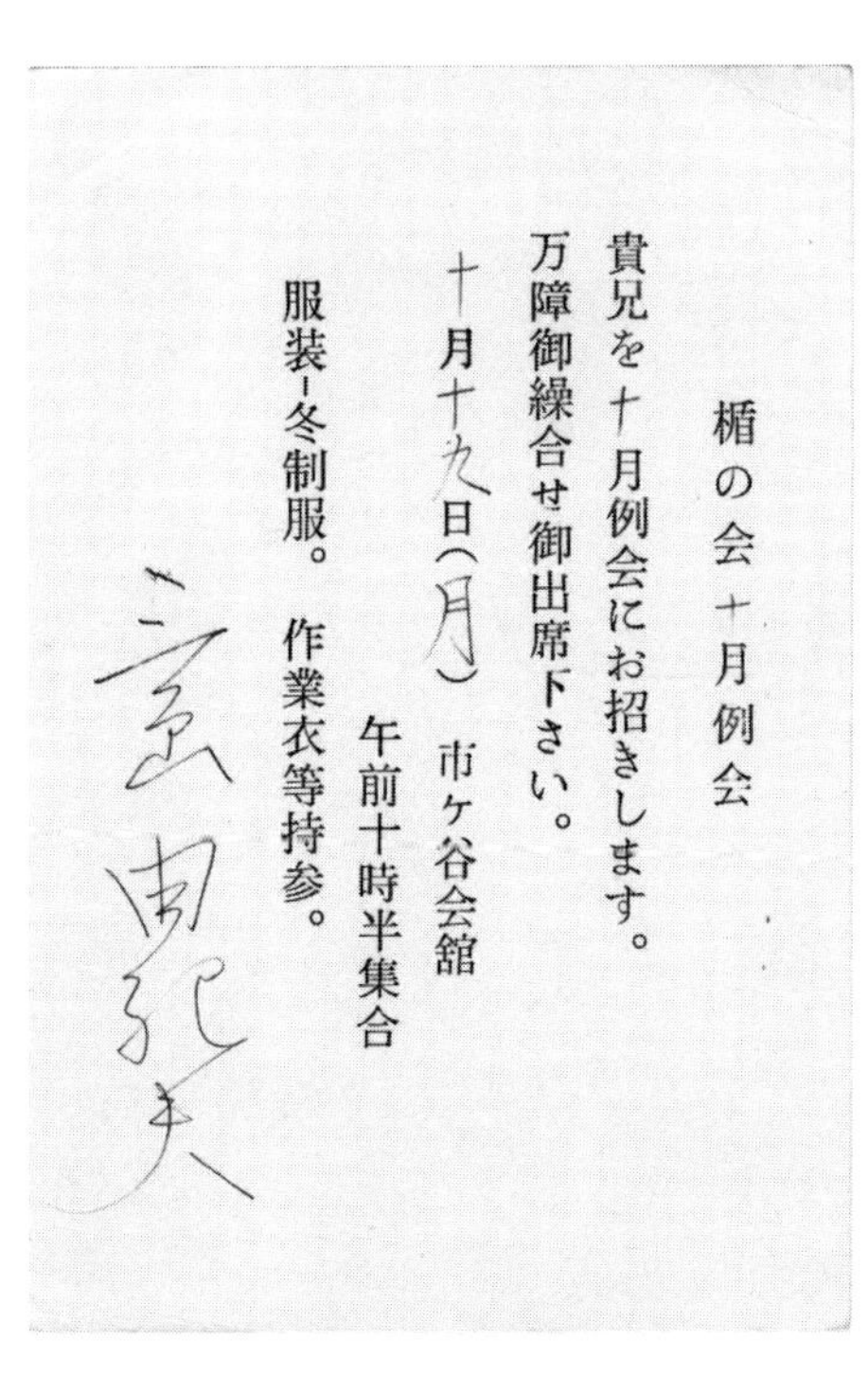
楯の会十月例会

貴兄を十月例会にお招きします。
万障御繰合せ御出席下さい。
十月十九日(月)　市ケ谷会館
午前十時半集合
服装ー冬制服。　作業衣等持参。

三島由紀夫

1970年楯の会10月例会招待状

時間　PM 4：45
担当　K
内容　森田氏より　何か連絡は？

——**十月二日　金曜日**
時間　PM 5：15

担当　K
内容　森田氏より　何か連絡は？

——十月三日　土曜日
時間　PM５：10
担当　K
内容　森田氏より　何か連絡は？

——十月六日　火曜日
時間　PM２：05
担当　T
内容　森田氏より　何か連絡は？
時間　PM４：20
担当　T
内容　森田氏より　何か連絡は？

時間　PM６：30
担当　T
内容　森田氏より　何か連絡は？

――**十月七日　水曜日**
時間　PM１：10
担当　柴田
内容　小川班M氏より　森田氏へ
　　毎週水曜日にある会合　本日あるのかどうか（要件番号③）
時間　PM５：15
担当　柴田
内容　森田氏より　③の件伝達　「あります」とのこと

フォーンセクレタリーサービスの記録を見ると、十月七日（水）、この日久々に森田さんと電話で話をしている。お互いどんな会話をしたのだろうか。おそらく事務的な話しかしていないのだろう。
十月二日（金）には、森田さんたちは三島先生と銀座の中華店で打ち合わせをしていたという資料はある。準備は着々と進み、プライベートな時間をもつこともできなかったのかもしれない。
それからおよそ一週間後の十月十三日（火）まで私は電話に出ていない。

――十月九日　金曜日

時間　PM 12：25
担当　O
内容　古賀氏より森田氏へ、本日少し遅れて６時～７時ごろ行きます。（要件番号⑤）

時間　PM 3：30
担当　O
内容　古賀氏より森田氏へ
本日、飛行機満席のため欠席します　要件番号⑤　上記取消し

時間　PM 5：45
担当　T
内容　森田氏へ　⑤の件連絡

――十月十日　土曜日
時間　PM 2：30
担当　O
内容　森田氏より
　本日と十一日は電話できないので、要件のある場合は下宿のＴＫ氏に連絡して下さい

――十月十一日　日曜日
時間　PM 5：45
担当　O
内容　森田氏より何か連絡は？

十月九日（金）、古賀さんは故郷の山河を見ておきたいと三島先生に伝え、北海道に帰っていたという。先生は旅費の半分を出されたそうだ。

一方、森田さんたちは銀座の中華店で会い、その後は後楽園サウナに行き結束を固めたという。

そんな日々を送っている森田さんにとって私の存在はなんだったのだろうか。直接会うどころか、電話で会話する機会も少なくなり、私は森田さんとの関係を改めて考えるようになっていた。この頃の日記に森田さんのことを書いていない。

九月十三日～十月十二日の九月分、フォーンセクレタリーサービスでの楯の会の九月分の受信は計四十四回だった。

――十月十三日　火曜日

時間　PM５：20

担当　柴田

内容　森田氏より何か連絡は？

一週間ぶりに森田さんの声を聞いた。

仕事の電話の最後に、

「今、いろいろ忙しくて、なかなか時間が取れないんだ」

森田さんは申し訳なさそうに付け加えた。

そう言われてしまうと、私としても電話では何も言えない。

「そうなの……大変ね。体には気をつけてね」

できるだけ明るい声で応えるので精一杯だった。

――十月十四日　水曜日
時間　PM５：52
担当　Ｔ
内容　森田氏より何か連絡は？

――十月十五日　木曜日
時間　PM４：50
担当　Ｋ
内容　森田氏より何か連絡は？

その後、二日続けて私は森田さんからの電話を受けなかった。

――十月十五日、木曜日
森田さんが忙しくて時間が取れないというので友人と映画を観に行った。
「1000日のアン」丸の内ピカデリー。

私がこの日、出掛けることを知らなかった彼が訪れた。

七時三十分、留守だったので駅前のサウナで時間を潰して、八時三十分再来訪。
まだ帰宅しておらず、会えずに帰ったと後で聞いた。

この日、森田さんは何の前触れもなく、訪ねてきた。九月二十六日（土）に会って以来だった。木曜日は定休日、家にいると思ったのだろうか。事前にわかっていたら、いや、いつものようにもっと遅い時間だったら会えたのに……完全にすれ違いだった。

後の資料から、この日、五人全員で死のうという話があったという。全員で死ぬということは最初からの約束事だったから、念押し的なものだったのかもしれない。

森田さんはその話の後、私を訪ねて来たのだった。どんな気持ちだったのだろうか。何を言いたかったのだろうか。もし、この日、森田さんと話すことができていたら、私はその異変に何か気づいていたかもしれない。

それにしても、三島先生は本気で五人で死ぬつもりだったのだろうか。全員で切腹して死ぬつもりだったとしたら無理があると思う。最後の人には介錯する人がいない。切腹し、返す刀で首を切る。そんな場面を時代劇で見たことはあるが、そこまでできる人がいただろうか。或いは、三島先生が最後ならできたかもしれない。

しかし、三島先生の切腹が最後では絵にならない。美しくない。やはり三島先生は最初でなければならない。

それでは、残った四人は白虎隊の少年たちのように互いに差し違えるか……それなら全員で死ねるかもしれない。

いや、それも違うだろう。三島先生はわかっていたはずだ、五人全員が切腹で死ぬことには無理があるということを……。

この頃、森田さんは、

「俺には先生のことがわからなくなった」

そう言った。何に対しての言葉だったのだろう。

――十月十六日、金曜日

午後十時、森田さんに電話したが、三島先生からの呼び出しで不在だった。

森田さんが訪ねてきた翌日、十月十六日（金）、フォーンセクレタリーサービスに森田さんから電話がなかった。私は気になって、夜に森田さんのアパートに電話をした。同居するＴＫさんが、三島先生からの呼び出しで出掛けたと教えてくれた。

これまでなら、その後、森田さんは遅くなっても訪ねてきたり、フォーンセクレタリーサービスへの電話のやり取りで何か言ったりしたはずだった。

しかし、二日間、森田さんと話すことはできなかった。フォーンセクレタリーサービスへの電話も、なぜかちょうど私が席を離れている時に連絡が入った。

私たちは完全にすれ違い状態だった。

第5章

16　二人のゆくへ

椅子に座る制服姿の三島先生、その後ろに、森田必勝さん、古賀浩靖さん、小川正洋さん、小賀正義さん、楯の会の会員四人が立つ有名な写真。昭和四十五年（1970）十月十九日月曜日、東京・麹町の東條会館で撮影された。

その日、十時三十分から市ヶ谷会館で楯の会の例会が開かれ、会合ではいつものように仲間たちとカレーライスとコーヒーの昼食をとり、その後、制服のまま五人は東條会館へ向かい記念の写真を撮ったのだった。

この時点では、メンバー五人全員が自決する予定だったという。それぞれ一体どんな気持ちでカメラに向かったのだろう。

森田さんは右手をぎゅっと力強く握りしめている。その右手の拳が彼の決意の固さを物語る。こんな表情の森田さんを見たことはなかった。

私の知らない森田さん。

森田さんは笑顔が似合った。

1970年10月19日　椅子に座る三島由紀夫
後列の左から森田必勝、古賀浩靖、小川正洋、小賀正義

――十月十九日　月曜日

時間　AM 9：45
担当　柴田
内容　御殿場自衛隊二中隊H氏より　森田氏へ
　本日午前中に電話をください、とのこと（発信・留守伝言依頼）（要件番号②）

時間　AM 11：10
担当　柴田
内容　森田氏より　②の件伝達

時間　PM 4：10
担当　K
内容　森田氏より　何か伝言は？

――十月二十日、火曜日

午前三時三十分、おかしな時間に森田さん来訪。いつもと様子が違った。

「俺の気持ちがわかったか」と言われた。


夜中の三時半、アパートの玄関の扉をノックする音。当然ながら私は寝ていた。

「森田さん?」

「ああ、俺……」

私は慌てて身支度を整えると、森田さんを部屋に通しお茶を入れた。

この一ヶ月、森田さんとはほとんど話す時間もなかった。

「遅くにごめん……」

「ううん、突然だったから、びっくりしただけ」

森田さんは何だか顔色が悪いような気がした。いや、いつもと目が違う、ただならぬ空気があった。

「今、本当に忙しいんだ。こんな時間しかなくて……。俺の気持ちがわかったか」

私はただうなずいた。

森田さんは、忙しい中、寝る間を削って会いに来たのだから、自分の気持ちを理解してほしいと言った。

けれども、あの時の森田さんの本当の気持ちを私にはわかりようがなかった。

その日、森田さんは朝から楯の会の例会に普段と変わらない様子で出席していた。学生長の森田さんは、会員たちに秘密の計画を察知されないよう、相当気を遣っていたに違いない。そして、午後には三島先生と小賀さん、小川さん、古賀さんと五人で制服姿のまま東條会館へ行き、記念写真を撮っていたのだ。その写真は、彼らが生きていた証、結束の強さの証、決意の固さの証でもある最後の写真だった。

森田さんのその後の行動はわからないが、自宅に戻り、私服に着替えての来訪だったのだろう。森田さんはふと何か言いたげなそぶりを見せたが、結局特別な話はなかった。

私は森田さんが少しでも安らげるよう、腕を振るって朝食を作った。

この日、午後一時過ぎまで十時間、森田さんと一緒に過ごした。

——十月二十日　火曜日

時間　PM 3：12

担当　T

内容　森田氏より　何か連絡は？

　なお、本日の剣道は試験のため欠席します

時間　PM 5：53

担当　K

内容　森田氏より　何か連絡は？

この日は火曜日だったが、私は仕事が休みだった。後からフォーンセクレタリーサービスの受発信票の記録を見ると、森田さんが試験を受けるとあった。本当に試験を受けていたのか疑問に思った。彼はとにかく忙しいと口癖のように言っていた。

——十月二十六日、月曜日

午前一時来訪。
決心してきたのか、「今日は……」と言われる。
心の準備ができていない、「待って欲しい」と言った。
「どうして……」と聞かれ、「あなたのことが好きだから」と答えた。
多分納得のいく答えではなかったと思う。でも、正直な気持ちだった。
二人の心はすれ違った。

私は学生時代から東京で一人暮らしをしていた。父親が早く亡くなっていたが、親のしつけは厳しく、自分でも生活はきちんとしていたと思う。学生の頃から友人が多く、男友だちもいたが、部屋へ招いたのは森田さんが初めてで、ましてや夜中に訪ねてくる人は森田さん以外いない。
私の中では、森田さんと出会ってから彼のことしか頭になかった。だからこそ、恐かった。七月二十五日の彼の誕生日のトラウマがあった。彼に会えなかった夏、切なく辛い日々を思い出すと、これ以上彼を好きになるのが恐かった。

足早に去っていく森田さんの足音を聞きながら、胸が詰まる思いだった。

あの時の私は、まだ若かった。森田さんも学生だった。

「来年は卒業するよ」

森田さんはそう言っていたのだ。私たちにはまだ先があると思っていた。

――十月二十六日　月曜日

時間　PM 1：30

担当　K

内容　三島由紀夫氏より　森田氏へ

　本日、持丸君に次の連絡先を教えてください。

ローマン劇場　TEL ◯◯◯・・・・

この日、森田さんから電話がなかった。そんな日に限って三島先生から電話が入る。お伝えすべき大切な要件だったので、時間ギリギリまで待ち、森田さんのアパートに発信したが留守だった。小林荘の同室のＴＫさんに伝言を依頼した。

もしかして、森田さんは友人宅にいたのではないかと思った。私と何かあると、彼はよく友人ＴＭさんのところへ行っていた。

かなり後になって見た資料に、

「ここまできて三島が何もやらなかったら俺が三島をやる」

森田さんがそう言ったとあった。

この言葉の解釈は何人かがしているが、皆それぞれ異なっている。

彼がこの言葉を言ったという日付も特定されていない。話を聞いた人は、十月、それも十九日以降だと言っている。

もしそうならば、その日は十月二十六日だったのではないだろうか。

彼はこれまで、私たち二人のことより、三島先生のことを優先させてきた。けれども、この日の私の態度で彼がそのことを改めて強く認識したのかもしれない。

自分のこと、二人のことを犠牲にしてまでここまできたのに……。

そう思ったのではないだろうか。

17 別れの予感

気が付けば、森田さんと出会って一年が経とうとしていた。最初は、フォーンセクレタリーサービスの依頼者と担当者という電話を通してのお付き合いだった。森田さんのハキハキと元気なハスキーな声が魅力だった。それが、映画を見たり、食事をしたり二人で会うようになり、お互い信頼できる存在になっていった。森田さんの笑顔が好きだった。つい夏までは、そのまま生涯を通じての付き合いになるのではないかと思っていた……。

――十月二十七日　火曜日
時間　PM 12：45
担当　柴田
内容　森田氏より　前日の件伝言

――十月二十八日　水曜日
時間　AM 11：25
担当　柴田
内容　滝ヶ原自衛隊二中隊より　森田氏へ

すでに45名分という名簿をいただいておりますか？
今度いらっしゃる時の人員数を調べてＴＥＬください。
（本日PM5：00過ぎまでいます）とのこと　要件番号⑩

時間　PM５：10
担当　Ｋ
内容　森田氏より　⑩の件伝達

時間　PM５：37
担当　Ｋ
内容　森田氏より　後楽園のＴＥＬ番号教えて下さい
　　　〇〇〇・・・　伝達

――十月二十七日、二十八日
　電話の声がいつもと違う。

この日の日記には、これしか書いていない。元気のない声というか、よそよそしい話し方というか、これまでの森田さんの声ではなかった。
とても気になったが、いくら私が心配しても、私からは何もできない。そんな諦めのような気持ちもあった。
この頃だったろうか、森田さんのことをもっと知りたいと思い、ちょうど出版されたばかりの三島由紀夫著『行動学入門』を読んでみた。行動の美、行動の意味などが語られていて、三島先生からこういうことを森田さんたちは学んでいるのかと少し理解することができた。

――十月二十九日　木曜日
時間　PM 5：30
担当　K
内容　森田氏より　何か伝言は？

時間　PM 7：15
担当　K
内容　名前不詳の方より　森田氏より何か伝言は？

――十月二十九日、木曜日

午前零時三十分来訪。

休んでいたためパジャマ姿でドアを開けた。

「寝ているのか。それなら帰る」初めて見た不機嫌な顔。

みかん一個つまんで二十分程滞在して帰っていった。

「おやすみなさい」と見送った。

起きていれば何か大切な話があったのかもしれない。


忙しいからとあれほど放っておかれたのに、森田さんは急に訪ねてくるようになった。フォーンセクレタリーサービスへかけてくる電話の声もいつもと違っていた。

そして、この日は森田さんが初めて不機嫌な表情を見せた。これまで私が怒ったり、憎まれ口をきいたりしても、森田さんは嫌な顔一つ見せるどころか笑顔で受け入れてくれた。

私はずっと森田さんの笑顔に甘えていたのかもしれない。二人の関係を続けるには、私は焦ってはいけない。私も悠然と構えて待っていればいい。そうしていれば、森田さんがまたやってきてくれる、そんな風に思っていた。

けれども、今思えば、なぜ急に夜中に訪ねて来るようになったのだろうか。翌日朝から仕事だったとはいえ、あの時起きていれば、何か大切な話があったかもしれないと思った。

18 俺のことを忘れないでくれ

楯の会がフォーンセクレタリーサービスを始めた頃は、一日にだいたい二回森田さんから電話が入った。しかし、例会が不定期になった頃から、夕方に確認の電話だけのことが多くなった。楯の会の活動に関する問い合わせや取材なども少なくなり、活動の状況もわからなくなった。

十一月四日（水）、五日（木）、六日（金）はリフレッシャーという再入隊が御殿場の自衛隊で行われることになっていた。

——十月三十日　金曜日

時間　AM 10：10
担当　柴田
内容　S氏より　森田氏へ
　十一月二、三、四日参加できません、とのこと（要件番号⑪）

時間　PM 5：15
担当　柴田
内容　森田氏より　森田氏へ　⑪の件伝達

――十月三十日、金曜日

書き物があると、珍しく早く、午後八時来訪。夕食を共にする。

自伝を書いていると言った。

「ちょうど君のところだよ」と。

森田さんは神出鬼没でいつ来るかわからなかったが、この日は珍しく早い時間にやってきた。書き物があると言っていたが、束の間の休息になればと、いろいろ手料理を用意した。彼への想いを伝えるため、私にできる精一杯のことだった。

二人で何気ない会話をしながらの夕食は楽しかった。森田さんの笑顔が眩しかった。

以前、二人だけの夕食をしている時、森田さんが「夫婦っていつもこうしているんだろう。何を話しているのかな、毎日毎日よく飽きずにいるね」と言ったことを思い出した。

私が片付けをしていると、森田さんは大学ノートを取り出した。

「今、自伝を書いているんだ」

「自伝?」

「ちょうど君のところだよ」

「あら、私も出てくるの？　一行か二行？」

私がちょっと茶化すように答えると、

「俺たちのこと、そんなんで終わるわけないだろう」

彼は真顔で言った。

森田さんはまだ学生で二十五歳になったばかり。自伝なんて早すぎる……そう思ったが、その時は言わなかった。


いつの間にか日付が変わったが、森田さんは帰る気配がなかった。急激な彼の気持ちの変化に私はついていけない。

「忙しいのに、時間は大丈夫？」

心配してそう言うと、

「君はいつも冷静だね」

森田さんは寂しそうに呟いた。でも、その目はどこか遠くを見ているような気がした。

そして、こう続けた。

「君には俺より君にふさわしい人が居ると思う。そいつを見つけて幸せになってくれ」

あまりに唐突な言葉に、私は言葉を失った。

「何か言うことはないのか？」

「……」

多分、森田さんは「イヤ」という言葉を待っていたのかもしれない。でも、涙が溢れ出るばかりで声が出なかった。

何も言えなかった。

ここ最近の彼の言動に、さすがに何かおかしいと思った。

「どうしてついてこいと言ってくれないの？」

やっとそれだけ言った。

「……」

今度は、彼が無言だった。

彼には言えなかったのだろう。この時、俺についてこいというのは私の「死」、殉死を意味していた。

この時まで、五人は十一月二十五日に死ぬことになっていたのだ。

きっと彼は、母一人子一人の私に「俺と一緒に死んでくれ」とは言えなかったに違いない。

少しあって、

「俺を恨まないでくれ……」

と言った。

（何かある！）

私は思わず彼の胸に飛び込んだ。

（何かあるなら、死なないで！）

そう声に出せばよかった。彼は強い力で抱きしめてくれた。

「森田さん、私壊れる……」

「壊れたっていい……」

するとと、森田さんのハスキーな声が耳もとで響いた。

「好きだよ。本当に好きなんだ。君と結婚したいと思って付き合ってきた」

「……！」

森田さんの力強い抱擁が続いた。

「俺にとって君はただ一人の女性……君のことは忘れない！　俺のことを忘れないでくれ。心の片隅でもいい、森田ひっしょうという奴もいたっけくらいに覚えておいてくれ……」

（もりたさん……）

私は固まってしまった体からなんとか声を絞り出そうとした。

けれども……。

「人の運命なんて、わからないものだ」

彼はそれだけ言うと、長い口づけをして部屋を出て行った。

「待って！」

彼は振り返らなかった。

（こんなことになるなんて……）

さっきまで確かに森田さんの笑顔がそこにあった。

それなのに……この部屋に一人でいるのは辛すぎる。私も部屋を飛び出して、友人の元へ向かった。

その後、森田さんは友人のＴＭさんとＦさんの二人と会うと「彼女と別れてきたんだ」と言って、荒れてお酒を飲んでいたと聞いた。

お互いに嫌いになった訳ではない。好きで別れた不本意な別れだった。

（少し時間を置けばきっと再び……）

何も知らない私は、そう思っていた。

19　決意

ずっと森田さんに何かがあるとは感じていた。けれども、それと私たち二人のことは別問題だと思っていた。森田さんは、来年の春には卒業すると言っていた。つまり卒業後のことも考えているのだと思っていたのだ。

——十月三十一日　土曜日

時間　PM 4：45
担当　T
内容　森田氏より　何か連絡は？

時間　PM 5：06
担当　T
内容　N氏より　何か連絡は？

時間　PM 6：47
担当　柴田
内容　森田氏より　何か連絡は？

フォーンセクレタリーサービスの仕事の終了間際、連絡確認の電話が入った。もしかして森田さんではないかと思い受話器を取ると、「もしもし……」と彼のハスキーな声が聞こえて来た。今朝、あれだけ辛い思いをしたばかりなのに、彼は何事もなかったように冷静に言った。

「……森田です。何か連絡はありませんでしたか？」

「いえ、特に何もありません」

私もそう答えるしかなかった。

でも、受話器を置いた途端、私の胸は張り裂けそうだった。森田さんはどうして普通に電話ができるのだろうか。

翌十一月一日（日）、二日（月）、森田さんから夕方に伝言確認の電話が入ったが、私は楯の会の電話に出ることはなかった。

――十一月三日　火曜日
時間　PM 12：15
担当　K
内容　Y氏より　森田氏へ
　　明日から学園祭のためしばらくの間都合悪いとのこと（要件番号⑫）
時間　PM 4：10

担当　T
内容　森田氏より　⑫の件伝達

時間　PM 5：25
担当　T
内容　森田氏より　何か連絡は？

十一月三日（火）も私は電話に出なかった。出られなかった。


事件後に書かれたいくつかの資料によると、十一月三日この日、これまでの五人全員で自決するという話が変更になった。

三島先生はこう言ったという。

「小賀、古賀の二人は死ぬな。森田は次男だし、親もいない。小川も次男だし、お前が死んでも家で困ることはあるまい。お前たち二人は好きにしろ」

森田さんは以前私に言ったことがあった。

「俺には彼女はいないことになっているからな」と。

森田さんの周囲、十二社グループと呼ばれる人たちは皆、私のことを知っていた。アパートに何度か電話したこともある。後でわかったことだが、彼の行きつけのお店のママさんまでも私の存在を知っていたという。

知らなかったのは、三島先生と小賀さん、古賀さんの二人の同志。彼らには私の話はしなかった。三島先生には話せなかったのだろう。

実は、小川さんにも同棲中で妊娠している彼女がいた。この時はまだ三島先生は私たち二人の女性のことは知らなかった。もし知っていたら、「お前が死んでも困ることはあるまい」などと言うはずがない。

……。

後日、小川さんの彼女に関しては、小川さん本人の口から三島先生に告げたという。一方、森田さんはそして、その後、三島先生は「死ぬのは自分一人でいい、四人は生きろ」と言い、森田さんには介錯を依頼したという。いや、三島先生の介錯をするということは、共に死ぬということを意味していた。

彼には断るという選択肢がなかった。自分の将来、三島先生のご家族、とりわけ二人の幼いお子様たちのこと、親代わりだったご兄弟のこと、そして私とのこと……いろいろ考えた結果、自分の行うことの責任を取るつもりで三島先生と死ぬという選択をしたのかもしれない。

彼の美学もあったと思う。

「生きても死んでも一緒。またどこかで会えるんだ」

森田さんは、こう言ったという。

20 最終計画

十一月四日(水)から六日(金)まで、楯の会では御殿場の滝ヶ原分屯地にてリフレッシャー体験入隊が行われた。総勢四十五名、森田さんは学生長として率先して行動していたに違いない。

実質上、最後の体験入隊。六日には、会員、自衛隊員を交えて酒宴を開いたという。最後の酒、最後の別れとして、三島先生は『唐獅子牡丹』、小賀さんは『白い花の咲くころ』、小川さんは『昭和維新の歌』を歌い、古賀さんは特攻隊の詩を朗読。そして森田さんは軍歌の『加藤隼戦闘隊』を歌ったという。

クーデターで五人全員自決という計画から、生と死の二つに分かれることになったすぐ後のこと、それぞれの思いは複雑だったのではないだろうか。


――十一月四日、五日、六日。

森田さんからの電話はなかった。

私の日記には、簡単な文章しかない。

これまでなら、フォーンセクレタリーサービスに体験入隊のため電話はできないなどの伝言を事前に入れていたが、今回は特に何もなかった。三島先生と四人にすれば、最終目的の十一月二十五日への準備が最優先だったからだろうか。

実は、森田さんから突然別れを告げられた日から数日の日記を消している。思いのまま書いてしまったものの、後になって読み返して切なくなったからだ。

私としては、森田さんとのことをなんとか修復したいと思っていたことは確かだった。

――十一月七日　土曜日
時間　PM 2：15
担当　T
内容　森田氏より　四日五日六日の間で何か連絡は？
　　喫茶店「とき」の電話番号を教えて下さい（不明）

――十一月八日　日曜日
時間　PM 4：35
担当　O

内容　森田氏より　何か連絡は？

時間　PM 6：30
担当　O
内容　森田氏より　何か連絡は？

――十一月九日　月曜日
時間　PM 4：10
担当　T
内容　森田氏より　何か連絡は？

時間　PM 6：07
担当　T
内容　森田氏より　何か連絡は？

――十一月十日　火曜日
時間　PM 12：07

担当　T
内容　三島由紀夫氏より　森田氏へ
　今夜11：30に自宅にTEL下さい（要件番号⑯）

時間　PM4：35
担当　O
内容　入会希望　日野市　S氏　電話○○○・・・（要件番号⑰）

時間　PM6：10
担当　T
内容　森田氏より（⑮、⑯、⑰）の件伝達

時間　PM6：38
担当　T
内容　森田氏より　何か連絡は？

——十一月十一日　水曜日

時間　PM 6：15
担当　T
内容　森田氏より　何か連絡は？

その後も、夕方に森田さんから伝言を確認する電話が毎日入ったが、私は担当者として出ていない。同僚の女性たちは私と森田さんのことを知っていたので、何かあったのだろうと思っていただろうが、森田さんがこれまでと同じだったので、あえて口にする人もいなかった。
私は、森田さんとのことは時が解決してくれるだろうと信じていた。
しかし、彼らの計画は確実に進んでいた。十一月十日（火）には、森田さんたち会員四人は市ヶ谷駐屯地の下見に行っていたらしい。駐車場があるかないかなど、三島先生に報告していたのだろう。

――十一月十二日、木曜日
池袋東武百貨店で行われている三島由紀夫展を見に行った。

十一月十二日（木）から十七日（火）まで池袋東武百貨店で『三島由紀夫展』が開催された。
事前に新聞に出ていたので森田さんにそのことを聞いてみた時、

「本当？　ウソだろう。やるわけないよ」

そう驚いていた。その時、学生長の森田さんがなぜ知らなかったのか不思議に思ったものだった。

木曜日は定休日なので、初日に一人で出掛けた。もしかして、森田さんも来ているかもしれないと思ったが、会場で森田さんの姿を見つけることはできなかった。

『三島由紀夫展』は、「書物の河」「舞台の河」「肉体の河」「行動の河」と四つに区切られ、作家三島由紀夫のこれまでの人生、創作活動の偉業が見事に展示されていて、私は圧倒された。そして改めて森田さんはこの三島由紀夫という人物に厚く信頼されているのだと、彼の重責を理解した。

その後の資料によると、十一月十二日に森田さんは自分の介錯を小川さんに依頼していたという。

森田さんと初めて映画を観に行ったとき、彼は『切腹』という本を読んでいた。彼は自分の運命を見通していたのだろうか。

フォーンセクレタリーサービスでの十月十三日〜十一月十二日までの楯の会の十月分の受信は計七十二回だった。

——十一月十三日　金曜日

時間　AM 10：10

担当　T

内容　入会希望　S氏より　住所・・・　電話・・・（要件番号①）

時間　PM 3：30
担当　T
内容　森田氏より　①の件伝達

時間　PM 6：00
担当　K
内容　森田氏より　何か連絡は？

――十一月十四日　土曜日
時間　AM 10：15
担当　柴田
内容　S氏より　昨日の件確認TEL

――十一月十五日　日曜日
時間　AM 10：45

担当　柴田
内容　S氏より　責任者のTELを教えて欲しいとのこと
　　　森田氏TEL番号伝達

楯の会へ入会希望者から連絡があった。これまでなら会にとって喜ばしいことだろう。しかし、森田さんは連絡をとっていないようだった。何がそんなに忙しいのだろうか。
その後の資料によると、十一月十二日か十三日に三島先生から、事件の真相を伝えてもらうために記者に『檄文』を渡すことを打ち明けられたという。そして、十四日（土）には、六本木のサウナミスティで『檄文』の内容の検討をしていたらしい。

――十一月十六日　月曜日

時間　PM 1：45
担当　O
内容　森田氏より　何か連絡は？

時間　PM 4：10
担当　O

内容　森田氏より　何か連絡は？

時間　PM 5：35
担当　柴田
内容　古賀氏より　小賀氏へ
　PM 6：30にパークサイドで待っています　とのこと

時間　PM 6：25
担当　柴田
内容　森田氏より　何か連絡は？

夕方の伝言確認の電話が入り、約二週間ぶりに、森田さんと話をした。と言っても、仕事の会話だけだった。お互いに声を聞いた時、一瞬ハッとして間が空いた。仕事は仕事と割り切るしかないと心に言い聞かせたが、やはり彼の声を聞いてしまうと涙が溢れた。

21　最後の電話

――十一月十七日　火曜日

時間　PM４：50
担当　T
内容　森田氏より　何か連絡は？

時間　PM６：10
担当　O
内容　森田氏より　何か連絡は？

時間　PM６：30
担当　T
内容　森田氏より　何か連絡は？

十一月十七日（火）、池袋東武百貨店で開催されていた『三島由紀夫展』の最終日。大盛況だった。
森田さんから事務所に夕方三回電話が入った。電話は別の担当者が出た。三回目は午後六時半、もしかして、私が出るかもしれないと思っていたのだろうか。
私はまだ気持ちの整理ができていなかった。それでも明日には、積極的に電話に出ようと思っていた。

様々な資料によると、森田さんの行動でずっと日付がわからないことがあるという。その一つは、彼が自分に関する全ての資料を焼却した日だ。事件の一週間位前だという。

私はきっとその日は、十一月十七日ではないかと思う。特に何も連絡事項がないと伝えているのに、午後四時五十分、六時十分、そして六時三十分と三回、それも二回目から二十分後にまた電話をしてくるのは普通ではない。

クーデター決行が迫る中、彼は自分の過去を、生きてきた証を消去しようとしていたのだ。その時、彼は何を思っていたのだろうか。そして、三回も電話するほど、私に何を伝えようとしていたのだろうか……。

彼からのメッセージを、私は受け取ることはできなかった。

――十一月十八日　水曜日

時間　PM 12 : 05
担当　柴田
内容　M氏より
　N氏には「本日来なくてもよい」と伝えて下さい　とのこと（要件番号②）

時間　PM 1：45
担当　柴田
内容　S氏より　十一月二十五日（水）はフェンシングの試合があるので欠席しますとのこと（要件番号④）

時間　PM 2：40
担当　柴田
内容　MK氏より　②の件伝達

時間　PM 5：27
担当　T
内容　森田氏より　④の件伝達

今思えば、夕方の電話になぜ出なかったのだろうと後悔する。個人的な話ができなくても、声を聞くだけでお互いの存在を確認することができる。

——十一月十九日　木曜日

時間　PM 2：00
担当　K
内容　K氏より　森田氏へ　本日の班長会議に欠席します（要件番号⑤）

時間　PM 5：30
担当　K
内容　森田氏より　⑤の件伝達

十一月十九日（木）、楯の会では毎週の班長会議が行われた。班は八つあり、森田さん、小川さん、小賀さんは班長だった。三島先生は「生き残る者」「死にゆく者」について語ったという。
森田さんたちは、その後、新宿の伊勢丹会館の中のサウナに集まり、十一月二十五日の時間の打ち合わせをしたという。

——十一月二十日　金曜日

時間　PM 5：35
担当　K
内容　森田氏より　何か連絡は？

——十一月二十一日　土曜日

時間　PM 1：50
担当　K
内容　M氏より　森田氏へ
　剣道の試験の日時と場所、用意すべきものを教えて下さい（要件番号⑥）

時間　PM 2：05
担当　K
内容　N氏より　森田氏へ
　今日、いなかに帰ります。明日か明後日帰ります（要件番号⑦）

時間　PM 6：00
担当　K
内容　森田氏より　⑥⑦の件伝達。
　十一月は形（カタ）のケイコが充分ではないので十二月にして欲しい。
　十二月の日時は未定。追って知らせます

時間　PM 6 : 30
担当　K
内容　M氏より　⑥の件伝達

十一月二十一日（土）、三島先生と森田さんたち五人は銀座の中華店に集合した。事前に森田さんと小賀さんは市ヶ谷の連隊長が十一月二十五日に不在だという情報を手に入れ、人質を急遽東部方面総監に変更したという。時が迫る中、計画はさらに練り直される必要があり緊迫した状況だったに違いない。

——十一月二十二日　日曜日

時間　PM 3 : 45
担当　O
内容　森田氏より　何か連絡は？

時間　PM 6 : 37
担当　T
内容　森田氏より　何か連絡は？

――十一月二十二日、日曜日

森田さんから二回電話があった。二度目の電話は契約時間の時間ギリギリにかかってきた。この電話に私は出なかった。

フォーンセクレタリーサービスの契約時間は、午前十時から午後六時四十分まで。これまで私に個人的な話をしたい時、森田さんはいつも終業間際に電話をかけてきた。上司が先に帰っており話しやすかったからだった。

この日、家に帰って一人になると、午後六時三十七分ギリギリにかかってきた電話のことを改めて思い出した。やはり森田さんは私に何か話したいことがあったのではないだろうか。

その夜、森田さんは小賀さんと横浜へドライブに行っていた。そしてそこで自分の介錯を頼んだという。介錯はすでに小川さんにも依頼していたというのになぜだろうか。三島先生が詳細な計画を立てる中、森田さんは、森田さん自身の散り際を考えていたのだろうか。

――十一月二十三日、月曜日

なぜか胸騒ぎがした。

午後一時頃電話をした。彼が出た。変わらないいつもの声だった。

この日、私は仕事が休みだった。一人アパートで最近の森田さんとのことを思い返し、もやもやしていた。いや、何か気になった。

お昼を過ぎた頃、私は思い切って森田さんのアパートに電話をした。どうしようもない不安がどんどん膨らみ、仕事の電話ではこの気持ちを伝えられないと思った。

「もしもし……あの森田さんは……」

「ああ……俺、どうしたの?」

受話器を取ったのは森田さんだった。それも変わらないいつもの声だった。

「会いたい、時間ない?」

私は、突然電話をしてこんなことを言い出すなんて自分でも驚いたが、今の正直な気持ちだった。

すると、森田さんは優しくゆっくりとした口調でこう答えた。

「忙しくて……このところ忙しいんだよ」

そう言われてしまうと、不安な気持ちをこれ以上森田さんに伝えることはできなかった。

「……ごめんなさい……じゃあ、また……」

私はまるで消え入るような小さな声でそういうしかなかった。

この電話が、私たちの今生の別れとなった。

第6章

22 胸騒ぎ

フォーンセクレタリーサービスで『楯の会』の電話連絡を担当するようになったのは、昭和四十四年（1969）十月十三日（月）、それから一年以上が経っていた。

最初に電話をかけてきたのは学生長になったばかりの森田必勝さん、その電話を受けたのが私だった。

それは偶然だったのか、運命だったのか……。

初めは事務的な仕事の電話、声だけのやり取りだったが、少しずつ個人的な話もするようになった。顔を合わせる機会があったことから、その後二人で会うようになり、お互い気心が知れるような関係になった。

そして、私たちは二人の将来を、未来を考えるようになっていった……。

しかし、いつからか、二人の歯車は噛み合わなくなっていた。

あの日、十一月二十三日（月）、私はなぜあんなに胸騒ぎがしたのだろう。

彼は学生だが二十五歳、私より三つ上だった。彼の言うこと、することに間違いはないと信じていた。けれども、この数ヶ月、森田さんの言動に理解できないことが多くなっていた。『楯の会』の学生長である森田必勝さん、彼に一体何が起こっているのだろうか。このままにしてはいけないような気がした。
そして、私は自分の不安の原因を確かめようと森田さんのアパートに電話をかけた。まさか、これが最後の会話になるとも知らずに……。

――十一月二十四日　火曜日

時間　PM1：55
担当　O
内容　森田氏より　何か連絡は？

時間　PM3：10
担当　O
内容　M氏より　MK氏・N氏へ（要件番号⑦）
　A　11／26（木）10：00～18：00
　B　友だちを1名連れて来られるかどうか

時間　PM５：15
担当　Ｏ
内容　森田氏より　何か連絡は？

時間　PM６：30
担当　柴田
内容　Ｍ氏より　⑦の件確認ＴＥＬ

――十一月二十四日、火曜日

電話が二度あった。この電話に私は出なかった。

十一月二十四日（火）、楯の会の電話は四回あった。そのうち午後一時五十五分と五時十五分の二回は森田さんからの電話だったが、私は出なかった。

昨日、こちらから電話をかけた時は、忙しいからと電話を切られてしまったのだ。私があえて出る必要はない。話をしたければ、落ち着いたらまたゆっくりすればいいのだから。

それでも、終了間際の午後六時三十分に電話がかかってきた時、私は思い切って電話を取ることにした。しかし、受話器から聞こえてきた声は森田さんではなかった。

これまで受信した電話の内容などで、二日後の十一月二十五日（水）に楯の会の例会が行われることは知っていた。もしかしてその準備などで忙しいのかもしれないとも思った。


しかし、違った。

状況はまったく違ったのだった。


その後の資料によれば、十一月二十三日、二十四日の二日間、三島先生と森田さん、小賀さん、小川さん、古賀さんの五人は、東京パレスホテルの一室で、十一月二十五日の決起行動の予行練習を綿密に行っていたという。二十三日は、森田さんは私がかけた電話の後にホテルに向かったのだろう。

ホテルの部屋では三島先生を総監に見立てて、段取り、役割分担、合図の仕方など、八回も繰り返し行ったという。白い布に「七生報国」と書いた鉢巻を作り、それぞれ辞世の歌を詠み短冊に書いていた。

そして、予行演習を終えた二十四日の午後四時からは、新橋の「末げん」でビールに鶏鍋料理で最後の晩餐をとったという。決起を翌日に控え、果たして料理はのどを通ったのだろうか。しかも、そんな緊張が続く中、森田さんは二十四日の午後一時五十五分と五時十五分に二度もフォーンセクレタリーサービスに電話を入れていたのだった。

もし、この電話に私が出ていたら……森田さんは何を言うつもりだったのだろうか。

もし、こんな状況だとわかっていたら……私は彼を止めることができたのだろうか。

午後八時頃、五人は店を出た。三島先生は自宅に帰り、小川さんと古賀さんは小賀さんのアパートに泊まった。小川さんは、そこで初めて同棲中の女性と籍を入れたことを二人に告白したという。

森田さんは夜中の一時に十二社のアパートで同居していたＴＫさんと新宿のお茶漬け屋「三枝」へ行き、放心状態で酒を飲み、お茶漬けを注文したと、ある記事にあった。

すべて、後からわかったことだが……。

23 昭和四十五年十一月二十五日

昭和四十五年（１９７０）十一月二十五日（水）、私はいつものように朝から渋谷の西武百貨店内にあるフォーンセクレタリーサービスの事務所に出勤した。業務は午前十時からだが、楯の会に関する電話の多くは午後からだった。

この日は午前十時三十分から市ヶ谷会館で「楯の会」の月一回の例会が行われているはずだった。例会の日は学生長の森田さんからの電話がないこともあり、もしかして今日も連絡がないかもしれないと思っていた。

午前十一時四十五分、事務所の電話のベルが鳴った。私は受話器をとった。

「モダンライフアソシエーションでございます」

「もしもし！」

受話器から男性の強い声が響いた。

「時事通信社ですが……」

「はい」

「……現在、三島由紀夫と学生数名が市ヶ谷自衛隊東部方面総監室に日本刀を持って押し入っていますが、楯の会の学生と連絡を取れますか？」

「！」

事件の第一報だった。

私は耳を疑った。多分、声が震えていたのではないだろうか。内容を把握していないため、今は答えられない……というようなことを言ったと思う。


今の電話の内容が本当ならば……。

森田さんが一緒だ！

三島先生は死ぬ！

何かあったら、森田さんも……。

1970年11月25日　三島由紀夫と森田必勝

1970年11月25日　市ヶ谷駐屯地　バルコニーで叫ぶ三島由紀夫

そう思った。

それ以降の電話を私は取れなかった。

——十一月二十五日　水曜日

時間　AM 11：45
担当　柴田
内容　時事通信社
　三島由紀夫氏と学生数名が市ヶ谷自衛隊東部方面総監室に日本刀を持って押し入った件につき
　楯の会の学生に連絡をとりたい

時間　AM 11：57
担当　T
内容　読売新聞社
　楯の会のメンバーの方はいらっしゃいませんか？
　なお、フォーンセクレタリーの事務所の住所を教えて欲しい

時間　AM 12：00
担当　T
内容　大阪新聞社
　　楯の会の市ヶ谷自衛隊乱入について、ここ数日間特にあわただしい動きはなかったか？

時間　PM 1：45
担当　O
内容　共同通信
　　楯の会の内容を教えてほしい

時間　PM 3：10
担当　O
内容　フジテレビ
　　楯の会の人に連絡を取りたい

立て続けにマスコミから電話が入った。

上司からすぐにラジオをつけるようにと言われる。事務所にテレビは置いていなかった。ラジオからは事件の報道が続けられ、「三島由紀夫死亡」と報じた。

(ああ、やっぱり……)

私はそう思った。

そして、少しして「……会員一人も……」という報道があった。

(嘘でしょ……何かの間違いでしょ!)

いや、森田さんは楯の会の中で学生長という責任ある立場、名前を聞かなくても、森田さんだと直感した。

(森田さん! 何かの間違いでしょう?)

信じられなかった。

その後、同行した会員たちも続くのではないかと思われたが、結局彼だけだったとわかった。

(なぜ彼だけが……)

私は頭が真っ白になった。何も考えられなくなった。

事務所には、事件を心配した会員たちからの電話も入っていた。そして、今後どうするかに関しては、楯の会の関係者から次のような電話があったと記録が残っている。

時間　PM 5：50
担当　O
内容　S氏より　何か連絡は入っていないか？
今後のことに関しては、常識的にこれをもって電話取次業務を終了してもよい。
なお、奥様より同上主旨の連絡はないか。

この日は、私のことを心配した友人が事務所に駆けつけてくれ、一緒に帰宅した。

＊

いわゆる『三島事件』『楯の会事件』と呼ばれるこの事件は、昭和四十五年十一月二十五日、作家三島由紀夫が自ら主催する『楯の会』会員四名、森田必勝、小賀正義、小川正洋、古賀浩靖とともに市ヶ谷の陸上自衛隊で総監を拘束し、憲法改正のため自衛隊の決起を呼び掛けた後、三島隊長と森田学生長が割腹自決するという前代未聞の事件だ。

あの時も、五十年以上たった今でも、私の知っている森田さんが本当に参加していたとは信じられないくらいだ。

24 最後の受発信票

翌日十一月二十六日（木）、西武百貨店の定休日で元々私は仕事が休みだった。
その日、私はどう過ごしたのだろう。まったく記憶がない。

一方、楯の会の残された会員たちは、渋谷区代々木の諦聴寺で追悼集会を行ったという。

――十一月二十六日　木曜日

時間　AM 11：10
担当　O
内容　K氏より　今後のことについて何か連絡はないか？

時間　AM 11：30
担当　O
内容　H氏より　何か連絡、指示はないか？

フォーンセクレタリーサービスの受発信票の記録は、ここで終わった。楯の会の三島由紀夫隊長と学生長の森田必勝さんがいなくなったのだ。もはや連絡を取り合う必要がない。B5の用紙に書かれた記録は八十八枚に及んだ。

――十一月二十七日、金曜日

事情を知っている同僚が、私と森田さんのことを上司に話した。仕事にならないだろうと、一週間の休暇をくれた。

私は新聞も見なかった。ラジオもテレビも見聞きしなかった。森田さんが死んでしまったという事実を受け入れるだけで精一杯だった。

二日後の金曜日、なんとか事務所へ行ったが、側から見ればおそらく放心状態だったに違いない。森田さんとお付き合いしていることを知っていた同僚が上司に事情を話すと上司も相当驚いていた。

「思い切ったことをしたな……」

私はこの時、彼の死が介錯によるものだったことを知った。

上司の言葉に、私は初めて涙が出た。それまで、あまりに衝撃が大きすぎて涙も出なかったのだ。

第7章

25 森田さんの記憶

十一月二十五日（水）、楯の会の隊長であり、著名な作家である三島由紀夫先生が楯の会会員の森田さんたちと起こした事件は、日本中に衝撃を与え、連日テレビやラジオなどで事件の詳細が報道された。私はただただ森田さんを失ったショックと傷心で打ちのめされていた。事務所の好意で一週間の休みをいただいたが、家でじっとしていることもできなかった。

――十一月二十八日、土曜日

楯の会の彼の友人二人の計らいで、新宿区十二社西口公園近くの森田さんのアパートへ行った。

森田さんとのお付き合いは、初めの頃は映画を観て食事をするなど外で会っていたが、そのうち私のアパートで会うことが多くなった。森田さんの友人も私の部屋で一緒に食事をしたことがあった。友人たちは、一ヶ月前に森田さんが私に別れを告げたことも知っていた。

森田さんは新宿十二社の小林荘というアパートの六畳一間に友人ＴＫさんと一緒に住んでいた。部屋は楯の会の事務所にもなっていて、十二社グループと呼ばれた仲間との溜まり場であり、男たちだけの部屋だった。

初めて見る彼が過ごした部屋。つい数日前まで、森田さんはここで生活をしていたのかと思うと、胸が締め付けられた。

部屋の中は物が少なく小綺麗に片付けられていた。最初に目に入ったのは、正面の壁に掲げられた「尊王討奸(そんのうとうかん)」と毛筆の文字が入った日章旗。警棒らしきものも壁に掛けてあった。

これまで見たことのない別世界の様な部屋だった。

机の上に作られた小さな祭壇に持参した花を生け、ご焼香した。

部屋には彼の友人が四人いたが。皆泣いていた。

その中の一人ＴＭさんが私に言った。

「森田さんは自分の選んだ道をあなたに一番理解して欲しいと思っているんじゃないかな」

私はどう答えていいかわからなかったが、小さく頷いた。

そして、ＴＭさんから森田さんの写真を一枚渡された。それは、以前森田さんが見せてくれた写真。

「どれがいい?」と聞かれて、私が選んだ森田さんが笑顔で映る写真だった。

森田さんはあの時、こう言った。

森田必勝からもらった写真

「誰にも見せないか？」

私は心で誓った。

（森田さん、この写真は誰にも見せないわ）

――十一月二十九日、日曜日
帰省した。母に森田さんのことを告げた。

栃木の実家に帰るのは夏以来だった。

母は森田さんのことを知っていた。以前、母が上京してきた時に、私が話したからだ。

「お付き合いしている人がいるんだけど、会う？」

私は森田さんに会わせたかったが、

「まだいいよ」と母は答えた。

森田さんにも、

「母が上京するけど、会う？」と聞いたら、

「まだいいよ」と同じ答えだった。

傷心のまま実家に帰ると、家族は心配していた。

「楯の会の人と付き合っていると言っていたけれど、亡くなった人じゃないよね」

「森田必勝さん、お付き合いしていたのは彼なの……」

私は正直に森田さんとのことを伝えた。私にとってとても大切な人だったことを。それまでテレビのニュースで見ていた出来事が他人事ではないと知り皆驚いたが、敢えてそれ以上何も言ってくることはなかった。私がどれだけ辛い思いをしているか、皆理解して受け止めてくれた。温かい家族に囲まれて少しだけ心が癒えた。

もしかして、母と森田さんを会わせておけば良かったのだろうか、それとも会わせなくて良かったのだろうか。

数日実家で過ごすうち少しずつ気持ちの整理ができるようになり、東京に戻ることにした。私は現実から逃げたくなかった。

帰り際、祖母がそっと私に言った。

「お母さんは由美子だけが生き甲斐なんだよ」

何事かを心配したのだろう。

「わかってる」

私は祖母の手をそっと握り返事をした。

26　森田さんとのこと

時は無情にも流れ過ぎる。

一週間の休みを終え、私はフォーンセクレタリーサービスの仕事に復帰した。何をしても森田さんとのことがふっと頭をよぎり辛かったが、この仕事をしていたからこそ彼と出会ったのだった。今の仕事を大事にしなければいけないとも思った。

――十二月九日、水曜日
警視庁の警部補二名が来社した。森田さんとのことを色々聞かれた。

あれから二週間。いまだテレビや新聞で三島先生や森田さんの写真や映像が映し出され、事件の報道が続いていた。あらためて事の大きさを感じていた。

突然、警視庁の警部補が二名で事務所に訪ねてきた。

「柴田由美子さんはいらっしゃいますか？」

事務所の業務のことかと思ったら、私に聞きたいことがあるというので驚いた。かつて森田さんを案内したのと同じ応接室で、私は森田さんのことをいろいろ質問された。

「日本刀が一振無くなっているのですが、預かっていませんか?」

「いえ、知りません。何も預かっていません」

私は本当に何も知らなかった。森田さんがどう考え、どうしてあのような行動をしたのか。私が聞きたいくらいだった。

それにしても、どこから私のところへ辿り着いたのだろうか。誰が私のことを話したのだろうか。

私は警部補の方に尋ねてみたが、教えてはくれなかった。

――十二月十日、木曜日

牛込署へ。昨日の供述に基づいて書類作成。


昨日警部補たちに答えたことを書類にするため、牛込署に呼び出された。書かれた内容を読んでちょっと違うなと思う箇所もあったが、私は署名捺印した。

交通費と日当として三千六十円支給されると言われたが辞退した。すると今度は辞退書類に署名捺印しなければならなかった。

森田さんとのことが、事務的に処理されていくようで、あまり良い気分ではなかった。

27　お墓参り

時は確実に過ぎていく。十二月になると、渋谷の街はまたクリスマスの季節になった。一年前、事務所の応接室で森田さんと最初に会った時のことを思い出した。

十一月二十五日、楯の会隊長三島由紀夫先生と共にクーデターを起こし自決した森田必勝さんは、楯の会の学生長であるとともに早稲田大学の普通の大学生。その一方、隊長三島由紀夫先生は、そもそも日本を代表する、ノーベル文学賞候補にもなる世界的著名な作家だった。

十二月十一日（金）、三島由紀夫先生を追悼する有志による『三島由紀夫氏追悼の夕べ』が池袋の豊島公会堂で行われた。発起人には著名人も多く、三千人もの人が集まり、テレビでもその様子が放送されていた。

――十二月十五日、火曜日

私にはまだやらなければならないことがある。森田さんのお墓参りだ。

ご家族は私のことをご存知だろうか。

事件の数日後、森田さんが住んでいた新宿のアパートに作られた小さな祭壇でご焼香した。これは友人たちが作った祭壇だった。

私は年が明けないうちに、森田さんの故郷、四日市へお墓参りに行かなければならないと思った。ご両親を早くに亡くし、お兄様、お姉様が親代わりに育ててくれたと言っていた。

ご家族は私のことをご存知だろうか。彼の周囲の人は皆知っている。誰か話をしただろうか。お墓参りを許していただけるであろうか。いろいろ思い悩んだが、お兄様に手紙を書いた。速達便で出した。

――十二月二十二日、火曜日

お兄様より二十五日から冬休みに入りますので在宅予定です。

とのお返事を頂いた。

彼の故郷へこんなかたちで行くことになるとは夢にも思わなかった。

悲しかった。

十二月二十二日、この日、私は小川正洋さんの彼女・小川K子さんを訪ねた。K子さんのことは事件後に週刊誌で知り、どうしても話を聞きたかった。

千葉駅前で待ち合わせし、約束の時間から十分程待つとK子さんは現れた。K子さんは私より二つ下の十九歳、とても可愛らしい女性だった。

私のことはご存知ないと思っていたが、

「生前、森田さんからよく話を聞いていました」

そう言われて驚いた。

K子さんは心を開いて話してくれたが、なんと事件のことを事前に知っていたと聞き大きなショックを受けた。

私と森田さんのことを知っていたのなら、なぜ沈黙していたのだろうか。しかも事件後の今になってなぜそんな話をするのだろうか。

もし、私がクーデターの計画を事前に知っていたら……。

二人には死んでほしくなかった。私なら、三島先生、森田さん、二人を死なせることはなかった……なんらかの行動を起こした……そう思った。


K子さんの話によると、小川さんと初めて会ったのは五月、二度目に会った時、「俺の所へ来ないか?」と同棲の誘いがあったそうだ。一応その時は断ったが、三度目に会った時、小川さんは「実は俺は死ななければならないのだが、一緒に死んでくれるか」と言ったという。彼女は「いいわ」と返事をし、「それなら私をあなたの所へ連れて行って」と言ったそうだ。それ以来、共に生活し、現在妊娠四ヶ月、籍は入っていると言った。

つまり、あの計画を彼女は最初から小川さんから聞いていたのだった。当初の計画では、五人(三島先生、森田さん、小賀さん、小川さん、古賀さん)は全員割腹する予定だったという。

私には彼女の言動が理解できなかった。私と根本的に何か違っているのかもしれないと思った。

十一月になり計画が進む中、彼女が「いつなの？　本当にやるの？」と聞くと、小川さんは「二十五日決行だよ」とぶっきらぼうに答えたという。以前、小川さんは「きっと事前に発見されてダメになっちゃうよ」と彼女に話していたそうだ。しかし、それが二十五日が近づくと、小川さんは生きることは決定していたものの、決起することの恐ろしさを一瞬でも忘れたいと思ったのか、Ｋ子さんに「頼むよ、全て忘れさせてくれよ」と言ったことがあったという。小川さんは、森田さんから介錯を頼まれていたのだから尚更だろう。

この頃の森田さんのことを思うと……あまりにも辛かった……。

かつて三島先生は、森田さんたち四人に「女には絶対話すな。理解あるようなことを言っても、いざとなると、女は必ず裏切るものだ」と言ったという。

最初の計画では、五人全員自決する予定だったのだ。それが、十一月に入ってから、四人とも死ななくても良い、三島先生一人が自決するという発言に変わったという。ただし、森田さんに介錯の依頼をして……。

私は本当に何も知らなかった……何も知らされないまま、その時を迎えてしまった。

一方、Ｋ子さんは、全て知っていた。全てを知ったまま、その時を迎えた。彼女も被害者だと思った。

私は複雑な思いのまま彼女と別れた。
それ以来、K子さんとは会うことはなかった。

——十二月二十四日、木曜日

二十八日、昼過ぎに伺わせていただきます。と電報を打った。

年が変わらないうちに森田さんのお墓参りに行かなければと思っていた。
ちょうど一年前のクリスマスイブ、渋谷のフォーンセクレタリーサービスの事務所に、三島先生の代わりに打ち合わせに来た森田さんと出会った。挨拶をきちんとする、礼儀正しい人という印象だった。それからの彼との一年は、まるで嵐のように激しく衝撃を与え消え去った。

——十二月二十八日、月曜日

四日市へお墓参り。
森田さんの墓前で私は謝った。
「ごめんなさい、気付けなくて。今にして思えば、あなたはサインを出していた。
でもあれではわからない。何事も起こりそうもない平和な今の世の中ではわからない」

年末も押し迫った十二月二十八日（月）、私は早朝家を出て、一人四日市に向かった。途中、新幹線の車窓から富士山が見えた。楯の会の体験入隊は富士山の麓の御殿場で行われていた。一度、差し入れに行く約束をしたが、急に中止になった。その頃からか、森田さんの行動がわからなくなった気がする。

四日市の森田さんのご実家を訪ねると、お兄様ご夫妻は、私以上に無念と悲しみを抱えていながら、とても温かく迎えてくださった。

「もしかして事件のことを聞いていませんでしたか？」と聞かれたので、

「いえ、もし私が何かお聞きしていたら、ご連絡していたと思います」

そう答えた。

私は知りようもなかった。森田さんは三島先生から「女には絶対話すな。女というものは理解あるようなことを言っても、最後には必ず裏切るものだ」と口止めされていたのだから。三島先生の命令は絶対、森田さんは私に計画を仄めかすようなこともなかった。

もし、森田さんが今も元気でいたならば、二人で一緒に四日市に来ることがあったかもしれない。

そして、まもなく年が明けた。

――昭和四十六年正月

私忌中と友人たちに年賀状を書かなかった。皆わかってくれた。

森田さんの写真と一緒に帰省した。

第8章

28 残された者たち

森田さんとの最後の数ヶ月、すれ違いで会えない状態が続いていた。その寂しさと切なさは結局解消されることなく、ついに二度と会えなくなってしまった。けれども、私にとって彼の存在は大きくなるばかりだった。

年が明けて、私は住まいを転居した。森田さんが足繁く訪れた東高円寺の部屋に住み続けるのは辛かった。あの部屋には思い出が多すぎた。

――昭和四十六年（1971）一月十六日、土曜日

楯の会会員だったNさんより電話。聞きたいことがあるのであって欲しいという。

話は小川さんの彼女のことだった。

一月十六日（土）、フォーンセクレタリーサービスに楯の会の会員だったNさんから私宛に電話が入った。

「楯の会のNと言います。あの、柴田さんはいらっしゃいますか?」

「はい……私ですが」

「お忙しいところすみません。お聞きしたいことがあるのですが、会っていただけませんか?」

彼の名前は、森田さんの十二社グループの一人ということで記憶にあったので承諾した。


仕事の帰りに、渋谷の喫茶店で会った。Nさんはいきなり言った。

「実は、小川さんの彼女のことなんですが」

「K子さん?」

「行方不明なんです」

「千葉のアパートからいなくなったんですか?」

「はい。多分、家を出る時に所持していたお金は五千円くらいかと。彼女はお腹も大きいので、皆心配しているんです」

昨年十二月二十二日(火)、私は千葉に住んでいた彼女を訪ねていた。事件後、小川さんにも彼女がいると知り、彼女に話を聞きに行っていたのだ。そのこともあって、もしかして私のところにでも来ているのではないかと思ったらしい。しかし、その後、一度も連絡を取っていない。

「残念ながら、私にもわかりません」

そう答えるしかなかった。

Nさんは少しやつれた様子だった。残されたという思いが強いらしく、事件を予測できなかったことをしきりと悔やんでいた。
「立場が違っても、残されたものは辛いね」
と言った。

――一月二十四日、日曜日　晴れ

午後二時より築地本願寺で三島由紀夫氏の葬儀。私は三島先生の祭壇に「森田さんのことを宜しくお願いします」と手を合わせた。

帰りがけ、森田さんの友人TKさん、Fさんと私が知らない人が一名、三人と会った。黙礼して別れた。

森田さんが市ヶ谷の自衛隊駐屯地で三島先生と共に自決してから二ヶ月。昭和四十六年（1971）一月二十四日（日）、三島由紀夫先生の葬儀、告別式が東京築地本願寺で行われた。葬儀委員長は川端康成、司会は村松剛。葬儀には文壇・演劇界の関係者、三島文学愛好者などおよそ八千人が参列した。

私は一人ひっそりと葬儀に参列した。フォーンセクレタリーサービスの顧客である三島先生と直接お会いすることはなかったが、電話で何度かお話したことがある。何より、森田さんが最も尊敬した人だった。

1971年１月24日　三島由紀夫葬儀　東京築地本願寺

祭壇に掲げられた大きな三島先生の遺影に向かって、

「森田さんのことを宜しくお願いします」

と手を合わせた。

――一月三十一日、日曜日

森田さんと初デートしてから一年。

あの日以来、彼を思わない日はなかった。

私は森田さんの人間性が好きだった。

でも、時に激しい彼の思想にはついていけなかった。

彼に盲目的についていったなら違う結果になったのだろうか。

「結婚したら考えが変わるよ」

彼はそう言っていたのだから。

――二月三日、水曜日　晴れ

また一日が終わろうとしている。必勝さんの居ないこの世は寂しい。

彼はよく「俺の気持ちわからないだろう」と言っていた。

あんな大きな秘密がある胸の内、わかるはずがない。

三月の体験入隊から帰った頃から少しずつ彼は変わった。

六月頃から急に多忙になった。外で会うことがめっきり少なくなった。

彼の都合で突然の来訪、そんな逢瀬が多くなった。

七月二十五日、彼の誕生日には、私への愛に対する不信感が生まれた。

この日のことはずっと消えなかった。

この日の日記を見ると、私はとてもセンチメンタルな気持ちになっていたのだろう。森田さんとの日々を思い出していた。特に、七月二十五日の彼の誕生日に抱いた不信感はそれからずっと消えなかった。

それが解消されたのは……なんと五十年後のこと。

森田さんの生涯を書いた『三島由紀夫と死んだ男』という著書を読んだ時だった。文中にその理由となる事実を見つけたのだ。

あの時、一言言ってくれれば良かったのに。

七月二十五日は、母の命日なんだと。

――二月六日、土曜日

森田さんのお兄様より電話があった。私は外出中で、同僚のTさんが対応してくれた。私宛に送った物が戻ってきてしまったため、住所を教えて欲しいという電話だったと聞いた。

事件後、私は東高円寺の部屋から転居した。四畳半だったが、小さなキッチンもついていて住み心地は良かった。森田さんもよく来るようになり、彼との思い出がいっぱいだった。そんな部屋に一人住み続けるのは辛すぎた。

しかし、新しいところに移ったからといって、これまでの彼とのことがなかったことになるわけではない。

――二月十日、水曜日　晴れ

時間があると必勝さんを思ってしまう。

あの世で彼は今の私をどう見ているのだろう。

――二月十二日、金曜日　晴れ

昨日は少しだけ雪が降った。

お兄様より七七日の忌明けの挨拶状と小包が届いた。
森田さんの戒名は『慈照院釈真徹必勝居士』

——二月十四日、日曜日

お兄様にお礼状を出す。

——二月十七日、水曜日

必勝さんのことを思う。
あなたはなぜ何も残さずに逝ってしまったの。
あなたの心が判らずに残された者はどう生きていけば良いの?
私には思い出がいっぱいあるからいい(やっぱり良くない)。
せめてお兄様には何か残すべきだったのではないですか?

29 私は第三者

事件以降、私はできるだけ、「森田必勝・三島由紀夫・楯の会」などに関する新聞記事や雑誌などを集めるようになった。事件直後は直視できない内容のものもあり抵抗もあったが、森田さんの本意を知りたいと思うようになった。

――二月二十六日、金曜日　雨、朝から雨

二十八日に三島・森田両氏の合同葬が行われることを新聞で知った。楯の会会員、遺族のみが出席とか。私はどちらでもない。

――二月二十八日、日曜日　晴れ

落ち着かない一日。

合同葬が行われているというのに、私は関係のない第三者。長い一日、出社すれば良かった。少しは気が紛れたのに。

――三月一日、月曜日　晴れ

合同葬及び楯の会の解散式の模様を今朝の新聞が報じていた。荒川の神道禊大教会で行われたと……。

――三月四日、木曜日　快晴

森田必勝との恋は悲恋に終わった。あなたが逝ってから百日過ぎた。

1971年２月28日　楯の会解散式

一人になると、思い出してまだめそめそしている。

けれど人前では泣かない。


森田さんにとって、私の存在は何だったのだろう。

事件直後、森田さんのアパートを訪れた時、彼の友人の一人が言った。

「森田さんは自分の選んだ道をあなたに一番理解して欲しいと思っているんじゃないかな」

まだ二十二歳、付き合って一年も経たない私が、どうやってあれだけのことをやった森田さんの強い思いを想像し、理解できたのだろう。

いや、いつか私はそういう存在になれたのだろうか。

二月二十八日（日）西日暮里の神道禊大教会で行われた合同葬に、小川さんの彼女は参列したのだろうか。事件直前に二人は籍を入れたというのだから、もう家族なのだ。

私は、森田さんの家族にはなれなかった。ただの第三者でしかない。

――三月十日、水曜日
森田さんのお兄様より遺稿集が届く。
一気に読む。私の知らない必勝さんがいた。
良いお兄様がいらして良かったね。

最後の一年、あなたが灰にしてしまったから、二人のことは私の日記にしか残っていない。

森田必勝さんは、クーデターの日が近づくと、それまでの資料や個人的なものを処分していた。私には自伝を書いているとノートを見せたが、その「自伝」は見つかっていない。彼は三島先生と歴史の一ページを残したが、家族や近しいものには何も残そうとしなかった。

そのためか、必勝さんのお兄様は、彼の中学時代からの日誌や、早稲田大学での論文などを集録した遺稿集『わが思想と行動』（新報道）を出版された。両親を早くに亡くし、子供のように育てた最愛の弟の二十五年の人生の軌跡を何としても残さなければいけないと思われたのに違いない。

私は、森田さんのご家族に良くしていただいたことに心から感謝した。

――三月十六日、火曜日

週刊現代の記者が来た。とうとう来たかと思った。

事務所には私と同年代の女性がいる。記者にはどちらが私かわからない。

上司が応対し、お帰りいただいた。

記者はたとえ私のコメントが取れなくても記事にするつもりだという。

我社はマスコミに強く太いパイプがある。

社長、常務が記事を潰した。

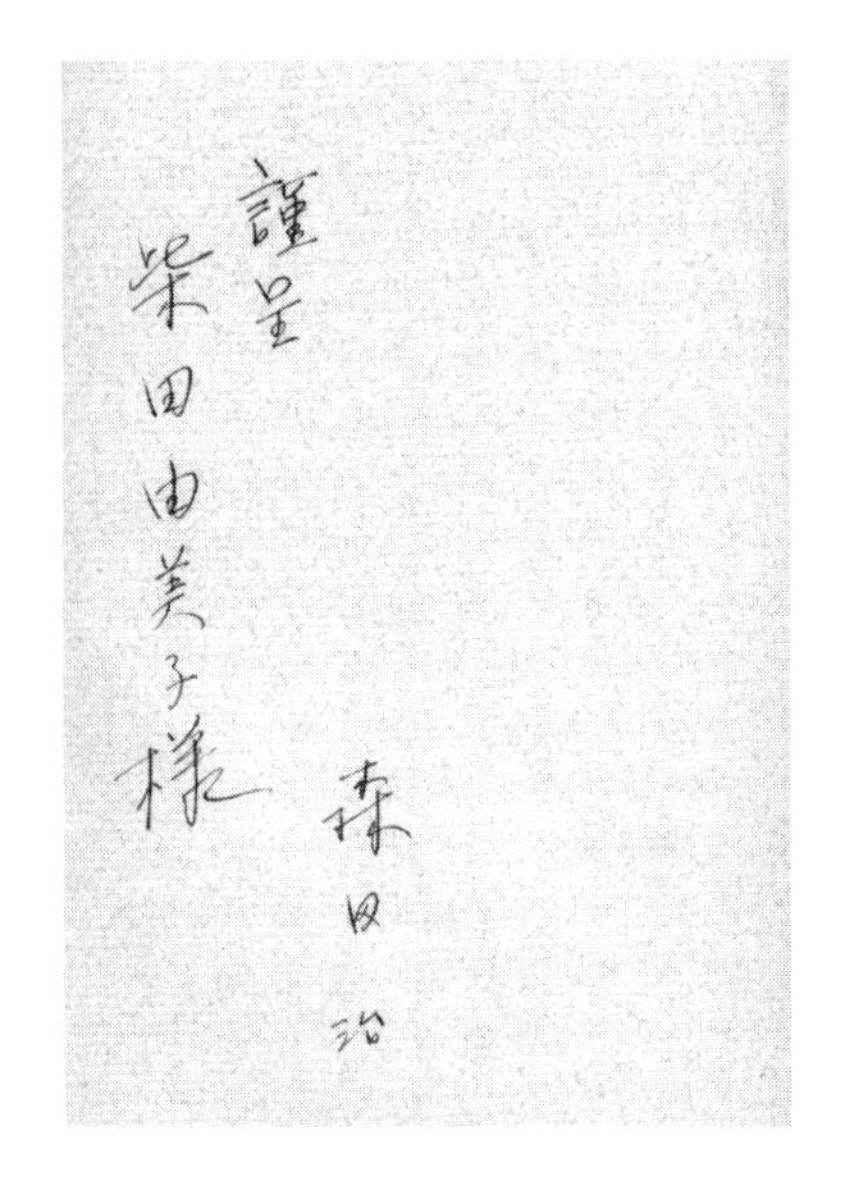
謹呈
柴田由美子様
森田治

森田必勝
わが思想と行動
遺稿集

『三島事件』『楯の会事件』などと呼ばれる十一月二十五日の出来事は、作家三島由紀夫が人生と名誉、全てを賭けた最後の大勝負だった。四十五歳、すでに多くの作品を残していたが、まだまだこれから活躍が期待されていた。

しかし、その三島由紀夫先生を突き動かしたのは、若干二十五歳学生長の森田必勝さんだと言われ、その身辺に注目が集まっていた。

私のことは、彼がよく行った食堂「三枝」のママさんから伝わったという。彼は呑むと私の話をしたというのだ。

私が勤めるモダンライフアソシエーションは、フォーンセクレタリーサービスの他、出版など多くの業務を行っていた。社長は事務所が入っている西武百貨店の西武グループの堤専務とも親しく、マスコミとも太いパイプを持っていた。作家である三島先生が率いる『楯の会』の業務を引き受けるようになったのも、そのような関係があったからだ。

そして、その縁で、私は森田必勝さんと出会い、また今回のような個人的な取材から守ってもらえることができた。森田さんと私の関係がこの五十年知られることがなかったのも、この時のお陰だったと思う。

——三月十九日、金曜日

森田さんのお兄様に遺稿集のお礼状を出した。

夕方Y田さん来社。春分の日なのでお寺に供養に行くという。

私も同行させてもらった。

——三月二十一日、日曜日

森田さん、三島先生、我が家の供養をお願いした。

お経が始まるとなぜか涙が溢れた。ただただ泣けた。

こんなことは初めてだった。泣く理由はないはずなのに。

お経が終わるとお坊様が仰った。霊がカラーで見えたと。

黄とか緑とか、これは霊が非常に喜んだ現象だと言った。

同じ西武百貨店に入っている美容室のY田さんが、事務所を訪ねてきた。春分の日なので供養にお寺に行くという。せっかくなので、私も同行させていただいた。なんというお寺だったか覚えていないが、このお寺のご住職は、これまで三島先生の知人に依頼されて、事件当日も含め何回かお経をあげたという。けれども、霊がカラーで見えるということはなかったとおっしゃった。

「やはり霊も本当に近い人に供養してもらうと嬉しいのでしょう」

私が森田さんとお付き合いしていたことをお伝えすると、驚かれた。日頃無信心な私だけれど、ご住職の言葉は素直に聞くことができた。

第9章

30 春の雪

昭和四十六年（1971）三月二十三日（火）、雨がみぞれに変わる春の寒い日、第一回公判が東京地方裁判所で開かれた。三島先生と森田さんと行動を共にし、生き残った小賀正義さん、小川正洋さん、古賀浩靖さんの三人が出廷した。法廷には三島先生の奥様瑤子夫人、三島先生のお父様、三被告のご家族も姿を見せたという。

――三月二十四日、水曜日

裁判の模様が掲載されている昨日の新聞（日経・朝日）を読んだ。

罪状認否による三島先生の介錯について「森田さんがすることは知っていたが、五人揃って相談したことはない」と嘱託殺人の共謀について微妙な発言をしたとか……。

三島先生は森田さんにだけ依頼したのだと思う。彼に断るという選択肢はなかった。森田さんの人となりを知っているからだと思う。彼も死を選ぶと。

三島先生もそれを望んだのだと思う。

生前、森田さんとはあまり楯の会のことについて会話をしなかった。私といる時は別の話をしたかったのだと感じていた。それでも、彼が三島先生を尊敬していることはよくわかった。楯の会の学生長として毎日フォーンセクレタリーサービスへ伝言確認の電話を入れるだけでも大変なことだ。責任感の強さは、三島先生との絆にあったとも思う。

文学者としての死なら一人でいい。しかし、武人として死にたかった三島先生にとって一人で死ぬのと二人で死ぬのでは重みが違う。

三島先生は、私の存在を知らなかった。森田さんは三島先生だけには言わなかった。言えなかったのだと思う。

いつだったか、森田さんは私にこう言った。

「俺には彼女がいないことになっているからな」

私のアパートに訪ねてきているのに、彼はどうしてこんなことを言ったのだろうか。後で考えれば、これは三島先生に対しての言葉だったのだと思う。先生以外の森田さんの周辺の十二社グループの人たちは皆私のことを知っていた。

あの当日、三島先生は、最後に「森田！　お前はやめろ！」と言ったという。これは先生の本心だったのだろうか?

私にはとてもそうとは思えない。ここまできて彼にはやめられない。遅すぎた。それはきっと三島先生にもわかっていたはずだ。


三島先生本人のための言葉だったのではないだろうか？

森田さんに本当に生きて欲しいと思ったならば、言葉が違う。

「森田、お前はやめろ」ではなく、

「森田の介錯はやめろ」

三人にそう言うべきだったのではないだろうか。三島隊長の命令は絶対だったはずだから。

「森田の介錯はやめろ」と命令すべきだった……。

三島先生は日頃から言っていたはずだ。

「俺の命令は絶対だぞ」と。


私はそう言って欲しかった……。

森田さんには死んで欲しくなかった。

どんな姿になっていてもいい、生きていて欲しかった。

31 桜散る

――三月三十一日、水曜日

必勝さんの夢を見ない。夢でもいい、会いたい。会いに来て。

――四月二日、金曜日

会いたいと言ったら夢で会えた。

でも、悲しい夢だった。

三月末、皇居近くの千鳥ヶ淵では桜が満開になろうとしていた。

一年前の今頃、森田さんは楯の会の体験入隊のため、およそ一ヶ月御殿場の自衛隊駐屯地で訓練をしていた。出発前は、途中でサンドイッチの差し入れをする約束をしていた。私が彼にできることをしたかった。

けれども、直前になって中止になった。森田さんは急に東京に戻ることになったからだといったが、その理由が解せなかった。

きっとこの頃から、何かが動き始めたのだろう。

もし、何事もなければ、体験入隊から戻った森田さんと一緒にお弁当を持って桜の花見に行っていたかもしれない。
必勝さんと一緒に桜を見てみたかった。

――四月十日、土曜日

森田さんのお兄様より電話。修学旅行の引率で上京しているとのこと。
本郷の旅館を訪ねたが、外出中で会えなかった。

――四月十五日、木曜日

兄様より十日のお礼状が届く。
四日市の森田さんのお兄様は、その後も私のことを心配してくださっていた。もしかして……もしかして、家族になっていたかもしれないと思うと、嬉しさと切なさが入り混じっていた。

――四月十九日月曜日、第二回公判が開かれた。ここでは犯行直前、犯行時の状況が語られたという。

――四月二十一日、水曜日

昨日の新聞に、第二回公判の模様が掲載されていた。

森田さんは三島先生を介錯し得なかったという。一度で介錯出来ず、小賀さん、古賀さんが「もう一太刀」と声をかけると再び二太刀……古賀さんがこれに一太刀加えて介錯し終えたとか。

やはり私の知っている森田さんだ。介錯できなかったのは彼の人間性だと思う。

私の知っている彼は、あんなことが出来る人ではなかった。

――四月某日
新聞に森田さんの切腹についての記事があった。
小さな傷だった、ためらい傷もあったという。

私は複雑だった。

でも、これだけは言える。

三島先生のような切腹だったなら、私はもっともっと悲しかった。

裁判が始まってから、犯行時の具体的な内容が報道されるようになった。記事を見るたび苦しくなったが、それでも目や耳を背けてはいけないとも思った。森田さんの選んだ人生を最後まで見届けるためにも。

中でも、森田さんが一太刀で三島先生を介錯できなかったこと、自身の切腹の際にはためらい傷があったという事実を知り、絶句した。

私の知っている森田さんは、三島先生を尊敬し深く信頼していた。その三島先生からいくら介錯を頼まれたからといって、あの一連の状況の中、簡単に一太刀で介錯などできるとは思えない。ましてや、決心していたからといっても、森田さんはまだ二十五歳、これまでの人生に未練なく自分の命を断ち切ることなどできるだろうか……そう思うと、あまりに辛かった。そして森田さんに代わって、三島先生に最後の一太刀を加え、さらに共に学び闘ってきた同志である森田さんの介錯を決行した古賀さんは一番の犠牲者なのかもしれないとも思った。

三島隊長の命令は絶対だったはずだから……。

それから裁判はほぼ月に二回ペースで行われた。

第三回公判　五月十日（月）
第四回公判　五月二十四日（月）
第五回公判　六月七日（月）
第六回公判　六月二十一日（月）
第七回公判　七月五日（月）

32 生きていれば

第七回公判が行われた二日後の七月七日水曜日、小賀さん、小川さん、古賀さんの三人が保釈になった。犯罪事実を認め、証拠隠滅や逃亡の恐れがないことから東京拘置所を出所した。その後、三人は三島先生の奥様、遥子夫人に迎えられ、午後七時から赤坂プリンスホテルで記者会見を行った。

生きていれば……。

七月二十五日（日）、生きていれば、森田さんは二十六歳の誕生日。まだこの時は、一年前の誕生日に森田さんがなぜ来てくれなかったのかわからないままだった。理由も聞けないまま会えなくなってしまったことを後悔していた。

――七月二十八日、水曜日

楯の会での森田さんの友人で、今も連絡をくれるNさんから一ヶ月ぶりに電話があった。
小川さんの彼女に男児誕生。Ｋ一郎と命名したという。

マスコミの目を逃れてひっそりと暮らしているとか。
「おめでとう、良かったね」と心で言った。

一月に小川さんの彼女が行方不明と聞いた時はとても心配した。その後、無事に見つかったそうだが、詳細は知らなかった。小川さんが保釈されたのできっと安心したと思う。
生きていれば、新たな人生が待っているのだ。
森田さん、どうして生きる道を選んでくれなかったのか、何度も何度もそう思った。

――七月三十日、金曜日
必勝さんの夢を見た。私の願望の夢だった。
「生きていて良かった、あの時死なずに良かったよ、俺」
そう言った。

目覚めたとき私は悲しかった。

――八月十三日、金曜日　新盆　お墓参り
四日市駅前二時十分発のバスに乗り彼の生家へ。

昨年の十二月二十八日以来だから八ヶ月ぶり。

突然の訪問にも関わらず、温かく迎えてくださった。

姿は見えずとも帰っているはずの必勝さんに「会いに来ました」と手を合わせる。

一人なら泣きたかったが、人前では堪える。泣かないと決めている。

帰りはお兄様の運転する車で四日市駅まで送っていただいた。

三重のお土産もいただいた。お心遣いに感謝した。


去年の夏、森田さんと会えず、連絡も取れず、切ない日々を過ごした。それでも、夏の終わりに再会することができた。

けれども、今年は森田さんの新盆……またこんな寂しい夏が来るとは想像もしていなかった。

去年の暮れ、初めて四日市へお墓参りに伺った時には森田さんのご家族とあまりお話もできなかった。今回新盆に伺うと、皆さん温かく迎えてくださった。

お兄様は、「あれしか、命がなかったものと思いあきらめましょう」とおっしゃった。

少し前には、保釈された小川さん、小賀さん、古賀さんの三人がお参りに来たといい、森田さんの墓前で小川さんは男泣きしていたと語られた。

事務所から夏休みをいただいたが、なるべく家で一人にならないようにした。一人になると、つい森田さんのことを考えてしまう。

――八月二十二日、日曜日

会社の引き出しに、森田さんのお兄様からの手紙が届いていた。

十八日の消印だから休暇中に届いたのだろう。お兄様ならではのお手紙だった。

こんなに良いお兄様がいるのに何も残さずどうして死んでしまったの、必勝さん。

――八月二十四日、朝日新聞未来の子アズカリマス

人間の精子を冷凍して貯蔵する銀行がニューヨークにオープンするとか。将来子供は欲しいが、その時まで生殖能力を保てるかという男性のためだそうだ。

血液銀行と違って貸し借りはなし。そうでないとアインシュタインが預けたものが競売されるなどという事態が起こりかねませんから、と銀行の弁。

何年か前に死んだ夫の子を出産するなんてことも可能になる訳である。

ちょっと遅かったね、必勝さん。

——九月二日、木曜日

休日、お寝坊。必勝さんの写真が笑いながら私を見ている。

時が経てば忘れられるだろうと、そんな風に思っていたが、時が経つほど悲しくなる。

必勝さん、あなたやっぱり頭良いね。

七月に、小川さんにお子さんが誕生されたことを聞いてから、私の中で何かモヤモヤしたものがあった。一緒にクーデターを計画していたが、小川さんは命を繋ぎ、新しい命まで授かった。

一方、森田さんは自身の命を絶ち、その後に何一つ残さなかった。

森田さんの命を繋ぐために、私に何かできることはなかったのだろうか。

三島先生、森田さんと一緒に決起した小賀さん、小川さん、古賀さん達は七月七日に保釈されてから、三ヶ月間ホテル暮らしをすることになっていた。日本中を、世界をも震撼させたいわゆる『三島事件』の中心人物、公判もまだ続く中、人目を気にせず自由に生活するのは難しいに違いない。

生と死という明暗を分けたが、彼らこそ残された者の苦しみを味わっていたに違いない。

森田さんは生前こう言ったという。

「生きても死んでも一緒。またどこかで会えるんだ」
またどこかで会える……それは一体いつのことなのだろうか。

33 彼岸花

昭和四十六年（1971）九月十日（金）、第九回公判が行われた。三島先生の書いた『「楯の會」のこと』の全文が公開されるなど、楯の会の結成に至るまでが注目された。私はそのことについては全く知らなかった。

私の勤めるモダンライフアソシエーションは、フォーンセクレタリーサービスの電話秘書業務の他にもいろいろな業務を行っていた。自費出版、自費レコード、自費映画を制作希望する人のお手伝いをする窓口だ。

この仕事を手掛けたのは日本では我が社が最初だった。今から五十年以上前、一九六〇年代には出版社による自費出版のコーナーはなかった。渋谷の西武百貨店内に窓口があったこともあり、興味のある人は気軽に立ち寄ることができた。当時人気だった文化放送のアナウンサー落合恵子さんの本も出版していた。

――九月二十四日、金曜日

仕事で衆議院議員会館へ行く。

森田さんがかつて好きだと言った政治家K氏の本を製作中だったので、その用事で議員会館のK氏の事務所を訪ねた。

帰り、十七時頃、会館の手前十メートル位のところで、楯の会の会員だった森田さんの友人のNさんと会う。

お彼岸を前にして必勝さんのイタズラですか?


仕事で衆議院議員会館へ行くことになった。森田さんは、かつて政治家K氏のことが好きだと言っていたことがあった。そのK氏の本の製作があると聞いた時、また森田さんとの縁を感じた。

議員会館を出てまもなく、一人の男性に「オー」と声をかけられた。最初、私は気付かなかった。こんなところで知っている人に会うはずがないと思い無視して歩いた。するとその男性が駆け寄ってきて「しばらくですね」と。よく見ると森田さんの友人だったNさんでびっくりした。お互い近況報告など少し立ち話をして別れた。

季節はお彼岸。これは森田さんのイタズラなのだろうか。真っ赤に咲く彼岸花を見付け、森田さんが満面の笑顔を見せてそこにいるように思えた。

――九月二十六日、日曜日

昨日の夕刊、三島由紀夫の遺骨盗まれるとの記事にはショック。

奥様を思うと……。

私は必勝さんが思い出全てを灰にして逝ったから、知る人ぞ知る存在に。

マスコミの騒音に巻き込まれずに済んだ。


東京の多磨霊園にある平岡家のお墓に、三島由紀夫先生は眠っている。そこから三島先生の遺骨が盗まれたという。

衝撃的な死を遂げ、マスコミに騒がれ、ようやく一段落したと思ったのも束の間、再度クローズアップされた。奥様のことを思うと、本当にお気の毒だと思った。

私の場合は、森田さんが思い出も全てを灰にして逝ってしまったから、知る人ぞ知る存在。会社の上司の力添えのお陰もあってマスコミの騒音に巻き込まれずに済んだ。

守られているのかもしれないと思った。

――十月六日、水曜日

雨天の一日。毎日毎日雨。

十月は一番思い出の多い月。二人の涙雨……。

――十月七日、木曜日

帰省する。宇都宮の叔母の家。
昼間一緒に今市の叔母のところへ出産祝いに行った。
赤ちゃん可愛かった。いつまで見ていても飽きない。
叔母たちに「早く結婚するように」と言われる。
まだ無理、私の中で必勝さんが生きている。

十月、秋の長雨のせいか、気持ちが少し滅入っていた。私を心配する周りの人たちは、早く新たな人生を歩むよう勧めてくれる。
しかし、それは無理だ。まだ一年も経っていない。何をしても森田さんのことを思い出し、過去の出来事が蘇る。

――十月十三日、水曜日

新宿東宝で三島由紀夫原作の映画『潮騒』を観た。
森田さんが生きていれば二人で観に行ったはずの映画。

——十月十七日、日曜日

昨年十月後半は森田さんと私は多くの時間を過ごした。

漠然と死ぬことを意識していたのだろう。

「俺には先生のことがわからなくなった」

と言っていたのはこの頃だったと思う。

五人全員で死ぬことに対しての言葉だったのか、それとも森田さんの思いと三島先生との思いが違ってきたことに対しての言葉だったのか。

「俺たち結婚すると言ったら、君のおふくろさん反対するだろうな」

そんなことも言っていた。

なぜそう思うのかと聞けば良かった。

結婚したら名前はどうするのかとも聞かれた。そこまで具体的なことを考えたことがなかった私は

「相手によると思う」と答えた。

彼の友人達は私が一人娘ということを知っていた。

「森田さんは婿養子だね」と言われると、

「俺は森田の姓は捨てたくないな」と話していたと死後に聞いた。

私が結婚相手に求めるものを尋ねた時、「心身共に健康な人」と言った。
彼の答えはいつも完璧だ。非の打ちどころがない。
そういうところに私は惹かれた。

三島事件が未遂に終わった可能性があった。
それは持参した日本刀を途中で咎められ、取り上げられた場合だ。
その時は止めると言っていたそうだ。
残念ながらそんなこともなく、事件は起こった。

十月十七日（日）の日記には、森田さんとの在りし日の会話を思い出し綴っている。彼を失ったことで、私自身の未来も消えてしまったようだった。
今思えば、森田さんは幾度となく「結婚」という言葉を出していたことを思い出す。両親を早くに亡くしていた彼には結婚願望が強かった。けれども二十歳そこそこの私はまだ幼く、彼の想いをそのまま受け取ることができなかった。いや、まだ先のことだと思っていた。私たちにはまだ未来があると信じていたのだから。

第10章

34 沈黙

昭和四十六年（1971）十一月、間もなく事件から一年。テレビや新聞、雑誌などで、『作家三島由紀夫』の特集や、『楯の会』のことなどを取り上げることが多くなった。私は記事を見つけると、できるだけ集めた。

――十一月十日、水曜日

一周忌を前にして週刊誌の記者が来た。この時も記事にならなかった。
常務は昔、週刊誌の記者だった。記事については熟知している。
どう書けば読者に受けるかを考えて記事を書く。真実なんか書いて貰えない。
記事にされて君にとって良いことなど何もない。
そういうと、この時も記事を潰してくれた。

まさか、また私のところへ記者が来るとは思わなかった。どういう経緯で事務所へ来たのかわからなかったが、この時も上司が記事にならないようにしてくれた。

上司には、事件後しばらくして森田さんとのことは大まかに伝えていた。私が森田さんと出会ったのは、フォーンセクレタリーサービスの事務所なのだから。色々あったが、森田さんとは真剣に真面目に付き合っていた。誰かにとやかく言われる筋合いはない。

——十一月十五日、月曜日

楯の会の彼の友人が私と森田さんとの別れを誤解している。

「あの時別れたのがまずかった」と言われた。

それは私もそう思う。

しかし、私は事件のことは知らされていなかった。

お互い好きで別れた。森田さんもそれはわかっていた。

成り行きでああなった。

仕事上の付き合いは続く。いずれよりが戻ると私は思っていた。

「今後の行動や発言次第ではあなたを殺すことも考えている」

と言い残して森田さんの友人は帰って行った。

今なら死ぬのは怖くない。森田さんに会える。

しかし、何か誤解している。

事件からおよそ五十年間、私は沈黙を守ってきた。その理由には、さまざまな記者からの取材を受けずに済んだことや、森田さんの友人からの言葉もあった。

十一月十五日（月）は第十二回公判が行われた日。記憶が曖昧だが、公判の後、森田さんの友人に会ったのではなかったかと思う。

「今後の行動や発言次第ではあなたを殺すことも考えている」

たとえ、森田さんの友人からだとしても、そんなことを言われて平気でいられるわけがない。

その日の日記には、

死ぬのは怖くない。森田さんに会える。

そう書いているが、それは自分に言い聞かせていたのだと思う。

森田さんにはなんとしても生きていて欲しかった。だから、私も簡単に死ぬわけにはいかない。

35 真実は？

十一月十九日金曜日、私は普段通り朝からフォーンセクレタリーサービスの事務所で電話対応の仕事をしていた。森田さんの命日まであと一週間、私は私なりに静かにその日を迎えようと思っていた。

しかし、事務所に突然思いもよらない電話がかかってきた。

——十一月十九日、金曜日

十一時三十分、楯の会の森田さんの友人のNさんから電話があった。

保釈中の小川さんと一緒に会いたいが、時間があるかと。

上司の許可を貰い、二時に渋谷の喫茶店で待ち合わせをした。

着いた時には、小川さん、電話をくれたNさんと、もう一人Mさんの三人がいた。

自己紹介「小川です、初めまして」「柴田でございます」

私は真っ先に聞いた「森田さんから何か預かっていないか」と。

「何もない」と言われガッカリした。

一言でもいい、何か欲しかった。これから生きていくために……。

小川さんと小賀さん、古賀さんの三人は七月七日に保釈されてから三ヶ月ホテルで生活し、さらに一ヶ月禅寺で修行していたという。そして少し落ち着いた頃、小川さんは友人のところへ連絡したようだった。

突然の連絡に戸惑いもあったが、私はじっとしていられなかった。上司に事情を話すと快く外出を許可してくれた。これまでずっと私を守り支えて下さった。感謝しかない。

渋谷の指定された喫茶店に入ると、一番奥の席に三人はいた。真ん中の席の一人が私の姿を見つけると、パッと立ち上がって挨拶した。

「小川です。初めまして」

これまで会ったことはなかったが、私もなんとなくすぐに小川さんだとわかった。

「柴田でございます」

私はそういうなり質問した。

「森田さんから何か預かっていませんか?」

「いえ、何も……」

あっさりそう答えられ、私がガッカリしていると、小川さんが続けて言った。

「あの……森田さんからよくお話を伺っていたので、初対面という感じがしません」

「え? 森田さんが?」

「僕たち十二社グループでは、よく森田さんから由美子さんとののろけばなしを聞かされていましたから」

緊張気味だった小川さんの顔に少し笑みがこぼれた。

「そんな……」

私は驚いた。十二社グループの人たちのことは知っていたが、生前森田さんから小川さんのことは聞いたことがなかった。紹介されなかったのだ。

「ごめんなさい……私はお聞きしていなかったので……」

小川さんの奥様K子さんの時もそうだったが、小川さんが私のことをそれほど知っているとは思わなかった。意外だった。私は小川さんのことは事件後に知ったのだから。

事件後の記事などによると、関係した人たちの中で一番心が通じていた人だと、森田さんは小川さんに自分の介錯を依頼していたという。だが、その場の状況もあったのかもしれない、介錯の刀は古賀さんが握っていた。

三島先生は、最後に「森田、お前はやめろ」と言ったという。この時、小川さん以外の人たちは私の存在を知らなかった。異常な状況下で介錯人もやめることはできなかったのだろう。いや、どうにかならなかったのだろうか。

もし、三島先生の言葉が「森田の介錯をやめろ」という命令だったなら、或いは状況が違ったかもしれない。三島先生は、「俺の命令は絶対だぞ」と言っていたのだから……。

森田さんは、短刀でお腹を傷付けたことで面目を保てたと思う。
介錯さえしなければ、彼は生きていた……そう思った時、私は初めて人前で泣いた。涙を堪えきれなかった。

「生きていて欲しかった。生きてさえいたらどんな姿になっていてもいい」
私は小川さんに言った。
生きていて欲しかったと私は小川さんの前で泣いた。

事件までのこと、事件当日のことなど、後で思い返せばいろいろ聞きたいことがあった。でも、あの時の私にはその余裕もなく、また同じく心身ともに苦しんでいる小川さんに聞くことはできなかった。

最初に電話を受けた時、小川さんに長男が誕生していたことを聞いていた私は、森田さんが生きていたらきっとお祝いしていただろうと思った。
事務所は渋谷の西武デパートの中にある。お昼休みにささやかなお祝いとしてアルバムと小物を買った。そして、別れ際、森田さんの代わりに小川さんに渡した。

まもなく三島先生と森田さんの一周忌。

小川さんたちの公判は続き、来年の春には判決が言い渡されると思われた。
小川さんともそれきり会うことはなかった。

36 一周忌

――十一月二十五日、木曜日

森田さんの一周忌。四日市へお墓参り。
一人でそっとお参りし帰ろうと思っていた。
門の前で、森田さんのお義姉様にお会いした。

――十一月三十日、火曜日

鮮明な森田さんの夢を見た。
夢の中の彼は少し太っていた、髪も長かった。
三島先生も傍にいた、三島先生も鮮明だった。
あの世で三島先生と共に元気でいるのだろう。少し太っていたから。

――十二月五日、日曜日

三島先生の盗まれた遺骨が見つかった、との報道。

良かった、本当に良かった。

九月二十六日に三島先生の遺骨が盗まれたと知った時は本当に驚いた。やはり作家三島由紀夫という著名人であることからだろう。それから約二ヶ月半後、お墓から四十メートルほど離れた盛土の中に、骨壷に入ったまま見つかったという。誰が何のためにしたのかはわかっていない。

――十二月十九日、日曜日

本社ビルの落成式。久しぶりに常務にお会いした。

常務にはマスコミ対策、その他で大変お世話になった。

私は知性アイデアセンターの出向先であるモダンライフアソシエーションの業務で働いていた。事務所は渋谷の西武百貨店内にあった。知性アイデアセンターの本社は銀座にあったが、新しく赤坂に本社ビルが建てられた。この会社は社員一人ひとりを大切にし、私は様々なことを学び、経験し、そして私の人生が大きく変わった。

本社ビルの落成式では、本社に戻っていた常務に久しぶりにお会いした。森田さんの事件後、常務にはマスコミ対策はじめ、仕事のことなど本当にお世話になった。ご挨拶に伺うと、常務の方から声をかけてくださった。

「元気にしているか？」

「はい、本当に色々ありがとうございました」

私がお礼を言うと、常務は真顔でこう言った。

「言っておくけど、男なんて大差ないよ」

私はまさかそんなことを言われると思っていなかったので、つい言い返してしまった。

「そんなことないと思います！」

すると、むきになった私に笑いながら常務は言った。

「柴田君も早く虫がつけよ」

「もう、常務！」

まるで冗談のような、常務らしい変わった慰め方だった。私のことを心配してくださっていることはよくわかっていた。

――十二月二十五日、土曜日

さすがに今年は欠礼はない。友人たちに年賀状を書いた。

森田さんのお兄様にも書いた。

——昭和四十七年正月

森田さんの写真と帰省する。
でも誰にも写真は見せない。

栃木の実家に帰った私は、家族との団欒を大切にした。家族や友人たちも、あえて森田さんのことを口にしない。

しかし、私にとって、森田さんは忘れることのできない大きな存在。それは私だけがわかっていればいいことだと思うようになった。

そして、この頃から、日記にも森田さんのことをなるべく書かないようにした。森田さんとの過去を振り返るのではなく、森田さんと共に生きようと思った。

『三島事件』の公判は、およそ一年続いた。

昭和四十七年（1972）二月十七日（木）、第十六回公判では、森田さんのことを小川さんがこう言ったという。

「森田さんという人は言葉で言うと、ほんとうの森田さんから離れていきそうでこわいが、自分自身に非常にきびしい人でした。赤ん坊から年寄りまでだれとでも仲良くなる人、包容力のある親分肌の人でした」

さらに、弁護人に「三島氏に〝生きよ〟と言われたとき（事件直前）何を考えたか」と聞かれると、「生きのびたくない、できることなら一緒に死にたいと思った。だから思いとどまったというより、命令どおり動いたということです」と答えたという。

この日、「懲役五年」の求刑が出された。

三月二十三日（木）、第十七回公判では、最終弁論。

森田さんに関して、弁護士の一人がこんな陳述をしたという。

「（前略）兄の証言によると、小学校時代にも、ガキ大将のところはなく、非常におとなしい性格であったとのことでありますが、非常に経済的に困窮している時代に成長したためか、忍耐強いとのことであり、またいったん決めたことは必ずやりとげる男であったとのことであります。

どちらかというと無口であったため、現在に至っては彼の主義、主張を知る由もありませんが、むしろ何も残さずこの世を去っていったことが、森田の性格を十二分に表わしているのであります。（後略）」

――四月二十七日、木曜日

三島事件一審判決下る。

被告三名に懲役四年。控訴はしないという。刑は決まった。

事件は一応終結した。

昭和四十七年(1972)四月二十七日(木)、第十八回判決公判が開かれた。

判決要旨・・・被告人ら三名をそれぞれ懲役四年に処する。

これで『三島事件』は一応終結した。五月には、『裁判記録「三島由紀夫事件」』(伊達宗克著)が出版され、裁判の経緯が公になった。

私はこれまで出た様々な新聞や雑誌の記事や資料を読み返したが、私の知っている森田さんはそこにはいなかった。

――十月三十一日、火曜日

社員旅行が三重・合歓(ねむ)の郷だった。

森田さんの三回忌が近い。

「早い分には良いのよ」そう言われたので四日市に寄り、ご焼香させていただいた。

お兄様はまだ帰宅なされておらず、お目にかかれなかった。

――昭和四十八年一月四日、木曜日

森田さんのお兄様より三回忌のお返しが届いた。

いつもお心にかけていただき恐縮。

必勝さんを思うと……涙。

――一月十二日、金曜日

三回忌のお礼状が書けない。

必勝さんのことを思うとなぜか思考力が低下してしまう。

文章がまとまらず、気ばかり焦るが一向に筆が進まない。

――一月二十九日、月曜日

今日も書けない……。

――二月四日、日曜日

手紙がどうしても書けないので、四日市にお電話した。

あいにくお兄様は午後から学校に出られたそうでお留守だった。義姉様と話した。

私と森田必勝さんが出会ってから三年。

彼が決起してこの世を去ってから二年。

彼を止めることをできなかったのか、私は私なりにずっと考えていた。

しかし、その謎の答えは見つかるわけもなく、謎のままだ。


私は決心していた。

森田家へ行くのは必勝さんの三回忌を最後にしようと。


私にとって、森田必勝さんはかけがえのない人。

けれども、森田さんはずっと昭和四十五年十一月二十五日に二十五歳で旅立った時のまま。彼の笑顔はいつまでも変わらない。

一方、私は時の流れるまま年をとっていく。

私の中の森田さんは永遠に変わらないが、私は日々変わっていくのだ。


私は森田さんとの思い出を封印することにした。

日記も、フォーンセクレタリーサービスの受発信票も、森田さんに関する新聞も雑誌も、そして彼の写真も全て箱にしまった。

二人の思い出を心に刻んだまま生きるために。
私は決してあなたを忘れない。

最終章

昭和四十五年（1970）十一月二十五日の衝撃はあまりに大きかった。

あれから五十年……。

時代は二十一世紀、令和、ようやく、私は森田必勝さんのことを少しずつ語れるようになった。

森田さんの亡き後、私は何度か彼の足跡を辿った。

彼のよく行ったお茶漬け屋・三枝、新宿の深夜喫茶パークサイド、新高円寺の居酒屋、早稲田のそば屋金城庵、二人で過ごしたかつての私のアパート。アパートの外観はそのまま残っていて、まるでタイムスリップしたようだった。

そして、帝国ホテルのコーヒーラウンジ、森田さん終焉の地・市ヶ谷の自衛隊駐屯地、三島先生と立っていたバルコニー、自決した総監室、ドアと柱には刀傷が残っていた。

さらに、お通夜の営まれた代々木の諦聴寺……。

当時は近くに行くだけでも胸がざわついたが、これだけ年月を重ねると、懐かしいという思いの方が強くなった。

＊

事件前夜、三島先生と森田さんたち五人の最後の晩餐となった新橋の「末げん」。ここでは、五十年後、その最後の晩餐が「三島由紀夫コース」で再現された。

息子が予約してくれたので、二人で「末げん」へ行った。改装されたため、当時のままではなかったが、三島先生、森田さん、小川さん、小賀さん、古賀さんの五人が最後に食事したのと同じ個室を予約。時間も午後六時から八時。日付だけは違った。

息子に急な仕事が入ってしまい遅れた。その間に、女将さんと雑談した。

「森田さんはどこに座ったんですか？」

私がそう訊ねると、当時の資料を持ってきて説明してくれた。

「今まさに、あなたが座っているあたりです」

床の間を背に三島先生、森田さん、小川さんが並んで、向かいに小賀さん、古賀さんが座ったという。

私はまた質問した。

「森田さん、食事がのどを通ったのでしょうか？」

「当時は誰が誰だか分からなかったから。でも召し上がっていたと思いますよ」

女将さんは嫌な顔一つせず、いろいろ答えてくださった。けれども、きっと普通の人なら三島先生について聞くはずなのに、森田さんのことばかり聞く変わった客だと思ったに違いない。

まもなく息子が到着し、食事が始まった。当時五人が飲んだという「赤星サッポロ」ビールも用意してくれた。

前菜に始まるコース。どれも美味しいお料理だった。

でも、私は胸がいっぱいでなかなかのどを通らない。一体、森田さんはどんな思いだったのだろう……。

(必勝さんの最後の晩餐、私もいただきました)

追記

事件から六年過ぎた昭和五十一年(1976)、私は二十七歳になった。

知性アイデアセンターで仕事は続けていた。

森田さんのことを忘れることはできなかったが、諦めることはできた。

周囲の説得に負けて、私は結婚した。

森田さんと同じ温厚で優しい性格の人だった。

二年後に長女、それから七年後に長男が誕生した。

それからさらに二十数年が過ぎて、娘が結婚した。
初孫が産まれた。男の子だった。
娘がお祖父様と夫の名の一字ずつを取ってつけた名前は「まさかつ」。
私の初孫の名前は「まさかつ」という。

七月二十五日の謎が解けて

まさか、『手記』を本にすることになるとは思ってもいなかった。

『手記』を書こうと思ったきっかけは、まえがきにも書いたが、森田さんの没後五十年に秀明大学出版会から出版された『三島由紀夫と死んだ男――森田必勝の生涯』（犬塚潔著）を読んだことだった。

森田さんとの思い出の品々はずっと封印していたが、私の中ではずっとモヤモヤしていた謎があった。その一つが森田さんは自分の誕生日七月二十五日をなぜ一緒に祝おうとしなかったのか。その日以来、私は彼の心がわからなくなってしまった。

この五十年、私は三島先生や森田さんに関する記事や書籍を数多く読んできたが、残念ながら私が抱いた謎を解く糸口は見つからなかった。それが、犬塚氏の本の中に七月二十五日は森田さんのお母様の命日でもあると書かれていて、一気に謎が解けたのだった。

七月二十五日は森田さんの誕生日でもあり、お母様の命日でもあった。ただ喜んで祝う日ではなかったのだ。

あの時、森田さんはどうしてそう言ってくれなかったのだろう。私は謎が解けたことの安堵感より、彼にもっとはっきり尋ねるべきだったと後悔した。

そこで、五十回忌を無事迎えることができたこともあり、当時の日記になんと書いていたのか、思いきって見てみることにした。

納戸の奥にしまっておいたプラスチックのケースには、およそ五十年前の日記や資料などがしまってあった。

実は、ケースはもう一つあった。しかし、数年前、以前住んでいた家の修理を頼んでいた際、盗まれてしまった。その時に出入りしていた業者に家の鍵を渡したため、他の小物や食器などと一緒に持ち出されてしまったのだ。

もう一つのケースには、事件前から事務所で収集していた楯の会に関する週刊誌や雑誌等の切り抜き、事件後の新聞記事を貼ったスクラップや、三島先生の奥様から事務所に頂いたお礼の手紙、森田さんからもらったメモなども入っていた。私にとっては大事な大事な品々だった。

今となっては仕方がないが、それらの記憶があるうちに、やはり私が知っている森田さんのことを記録しておかなければいけないような気がした。

このことを、夫、娘、息子たちに話すと、自分の思うようにやりなさいと快く背中を押してくれた。娘は手書きの原稿をパソコンで打ってくれ、息子は様々な資料を見つけて、わからないことを補足してくれ、令和三年（２０２１）春になんとか私なりに最後まで書き上げることができた。

最初は、ただ簡単な冊子にする程度に考えていた。それでも、せっかく書いたのだから、『手記』を書こうと思ったきっかけを作ってくださった犬塚氏に読んでもらったらと、息子が手紙を書いてくれた。するると、なんと手紙が到着したその日に犬塚氏から電話をいただき、お会いすることになった。

犬塚氏は形成外科の医学博士であり、三島由紀夫研究の大家。三島由紀夫先生や『楯の会』、森田さんに関する膨大な資料を集められており、森田さんについても多くのことをご存知だった。

そして、もし出版するのなら、大切なことは森田さんのご家族の了解を得ること。早速、森田さんのお兄様、森田治さんに連絡をとっていただき、なんと「序文」まで書いていただけることになった。一周忌に四日市に伺ってお会いして以来で、お元気だと知ってとても嬉しかった。

さらに、最初に私が書いた文章は、日記を中心に私的な内容が多かったため、もう少し当時の状況などの解説や補足を加えた方が良いと助言をいただき、できるだけ一般の人が読んでもわかるようにすることになった。慣れないことながら、家族はもちろんいろいろな方にも協力していただきようやくこの形になった。

また、私が持っている森田さんの写真は一枚しかないので、今回、犬塚氏にご自身が所蔵されているものから提供していただけることにもなった。しかも、犬塚氏と同じ秀明大学出版会から出版させていただけるようご尽力いただいた。犬塚氏には本当に心から感謝している。

ただ、途中、思わぬことが起きた。

令和三年十一月十三日（土）、陰ながら応援してくれていた夫が急逝した。あまりに突然のことで、慌ただしい年末を過ごし、現在は喪中でもある。

そこで、夫の一周忌を終えてから出版することにした。


正直、この『手記』を出版することには複雑な思いがある。森田さんはどう思うだろうかと。彼は自分に関する資料をみな焼却しているのだ。

けれども決起するおよそ一ヶ月前、森田さんはわざわざ私に「今、自伝を書いているんだ」と言っていた。そこには私とのことも書いていると彼は言った。

彼は、本当は生きた証を残したかったのではないだろうか。しかし、自分が自決した後のことを考えて、私のことも考えてくれて全部を灰にしてしまったのではないだろうか。

そう思うと、五十年経った今、私が二十五歳の青年・森田必勝の生きた証を、私しか知らない森田さんのことを残すことには意味があるのではないかと思うようになった。

この本のタイトルについては、家族、犬塚氏にも相談し、いろいろな案が出た。なかなか決まらなかったが、最後に私の友人が提案してくれたタイトルがこの『手記　三島由紀夫様　私は森田必勝の恋人でした』。少し気恥ずかしいが、一番わかりやすいと決まった。

私は森田さんとの縁をこれまで大切にしてきたが、今年になって三島先生ともご縁が繋がっていることを知った。

私の父のお墓は、三島先生の墓所（平岡家）と同じ多磨霊園にある。あれほど広い多磨霊園で、父のお墓と三島先生のお墓も近かった。石屋さんも同じT家さんで、息子とお墓参りに行った際、「平岡家」と書かれた桶を見てとても驚いた。そして、三島先生も森田さんと共に私たちを見守ってくださっているのだと思った。

犬塚氏がこの『手記』の出版に関してこう励ましてくれた。

「三島先生と森田さんが喜んでいますよ」

本当にそうだと嬉しい。

本が完成次第、三島先生のお墓参りをし、そして四日市の森田さんのお兄様を訪ねお礼を申し上げ、必勝さんの墓前に供えたい。

（森田さん、あなたのことは決して忘れません）

およそ五十年、ずっと封印していた「森田必勝さん」のことを私なりに次世代に伝えることができ、本当に感謝の気持ちでいっぱいである。

解説に代えて

長和（ながわ）（旧姓柴田）由美子さんは、森田必勝の恋人であった。彼女は森田の記憶と記録を、誰にも知らせることなく墓まで持って行くつもりだった。だから、この『手記　三島由紀夫様　私は森田必勝の恋人でした』を読むことができるのは、なんという幸福であろうと思うのである。

森田は決起の一週間前に、段ボール四箱分もあった手紙や自伝などの多くの書類を、同志・小賀正義に手伝ってもらい、自宅近くの工事現場に運んで焼却してしまった。彼女が書いているように森田と彼女のことは、彼女の日記の中にしか残されていない。そして、そこには、これまで三島由紀夫研究に携わった多くの研究者が、全く知らない三島と森田がいる。

二〇二〇年は三島事件後五十年目であった。私は同業の三十代の医師三十名に、「森田必勝を知っているか」と尋ねたが、知っていると答えた者は一人もいなかった。次いで「三島由紀夫を知っているか」と訊くと、全員が「知っている」と答えた。五十年を経て三島事件は日本の歴史になったが、名前が残っているのは三島ばかりで森田の名前はほとんど消えかけていた。多くの三島関連本が出版された。私は『三島由紀夫と死んだ男――森田必勝の生涯』を上梓した。

二〇二一年三月、勤務先に一通の手紙が届いた。長和さんの御子息からの手紙であった。そこには、母は森田必勝とお付き合いがありました。拙著を読んで五十年間解けなかった謎が一つ解けました。母の話を聞いて頂きたいとの旨が書かれていた。

この手紙を読んで、私が最初に考えたのは、一九七〇年十二月十七日号の週刊誌に掲載された「森田必勝が決行前夜デートした女性」（週刊現代）と「森田必勝には恋人がいた」（女性自身）の記事の女性のことであった。週刊現代では十一月二十三日午前二時十五分頃に、女性自身では十一月二十四日午前三時頃に、二つの週刊誌で日時のずれはあるが、森田が深夜に二十歳の女性と会っていたことが記事になっていた。長和由美子さんは、この週刊誌のことも御存知だった。そして、森田さんにも困ったものだという表情を浮かべた。

長和さんについては、事件後五十年間マスコミに一切登場しておらず、全く知られていない存在であった。事件後に会社の上司により、マスコミを完全にシャットアウトできたことが要因である。私が知遇を得た楯の会会員には彼女を知っていた方もいたが、何の情報も得られなかった。

長和さんは森田について書かれたものが少ないので、森田のことを後世に残したい、そのために手記を公開したいという希望を持っていた。手記には森田との一年が生々しく描かれている。このことを森田必勝の実兄・森田治氏は「序文」に「今回の御決断、勇気に心から敬意と感謝を奉げます」と記している。

＊

三島由紀夫主宰の「楯の会」が正式に結成されたのは、一九六八年十月五日のことであった。当時は学生運動が激しかった時代であり、左翼革命勢力が安保反対、学費値上げ反対とデモを繰り返していた。これに対し三島は、直接侵略はもとより間接侵略に対しても、自分の国は自分で守らなければならないとする考えを示した。この三島の考えに賛同した民族派の学生（社会人も含む）を中心に組織された民間防衛組織が「楯の会」である。

結成当時の会員数は三島と一期生二十一名、二期生二十五名の合計四十七名であった。森田は一期生であった。

当時、早稲田大学の学生で論争ジャーナル副編集長を兼任していた持丸博が、学生長を務めていた。持丸は、一九六七年の北海道恵庭で行われた早大国防部自衛隊体験入隊に始まり、一九六八年春と夏、一九六九年春と夏に行われた楯の会一期生から四期生までの自衛隊体験入隊の指揮を執った。

一九六九年十月十二日、月例会で挨拶をして持丸は楯の会を退会した。持丸の次に学生長になったのが森田であった。

持丸が学生長の頃、楯の会の事務局は銀座八丁目の育誠社・論争ジャーナル編集部に置かれていた。三島は持丸に用がある時は、論争ジャーナル編集部に連絡した。立ち寄ることも少なくなかった。持丸が留守の時には名刺に用件を書いて編集部に渡した。森田が学生長になったことで、楯の会の事務局は森田の下宿に移されたが、森田はアパート住まいのため連絡がつきにくい。このため、連絡を代行したのが「フォーンセクレタリーサービス」である。

例えば一九六九年〇月〇日、

「土曜（六日）夜のアポイントメントは崩れました。その代わり、九日（火）午後四時、帝国ホテルロビーへ来て下さい。

三島由紀夫

持丸兄」という三島の名刺（写真1）が残されている。これに相当するのが、

「10／29（水）AM11:45　柴田⑫　三島先生から森田氏へ

1日夜の約束はダメになった。31日（金）夜8時に変更してほしい。他の人にも伝言頼む」である。この伝言サービスの開始は一九六九年十月十三日で、森田が学生長になった翌日から開始された。

森田の名刺（写真2）には、

「メッセージ受理用電話

モダン・ライフ・アソシエーション（四六一）〇九三四」が印刷されている。また、楯の会会員に対し

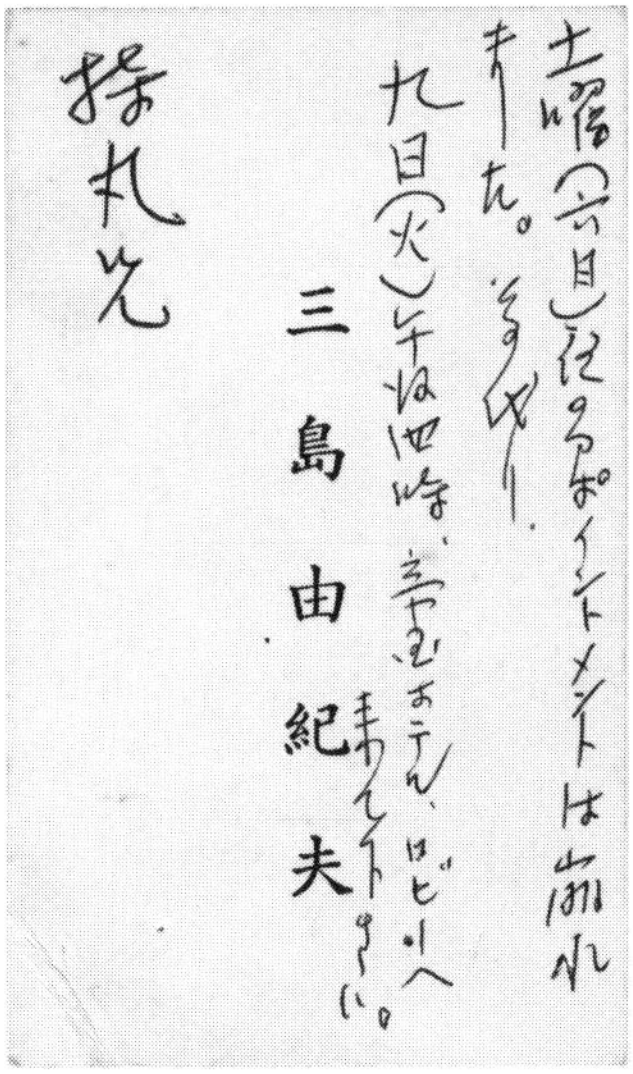

写真1

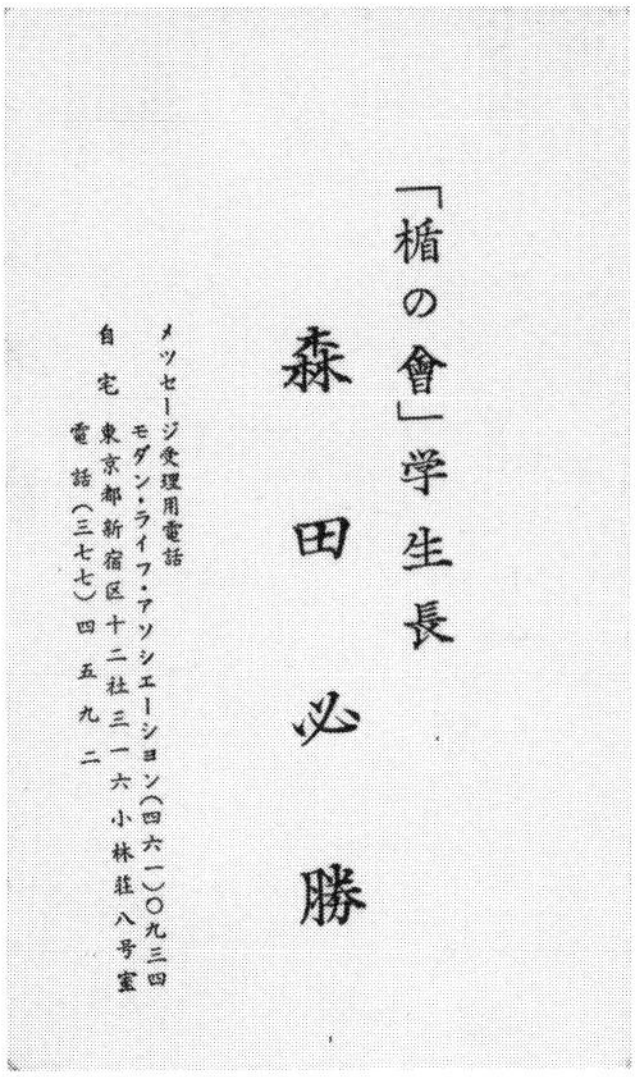

「楯の會」学生長
森田必勝
メッセージ受理用電話
モダン・ライフ・アソシエーション（四六一）〇九三四
自宅　東京都新宿区十二社三一六小林荘八号室
電話（三七七）四五九二

写真2

ては、「楯の会連絡方法について（テレフォン・サービス使用方法）」というプリント（写真3）を配布して連絡網を徹底した。

一九七〇年四月に行われた五期生を加えた例会では、「例会の式次第」（写真4）に「Telephone service」の項が設けられている。

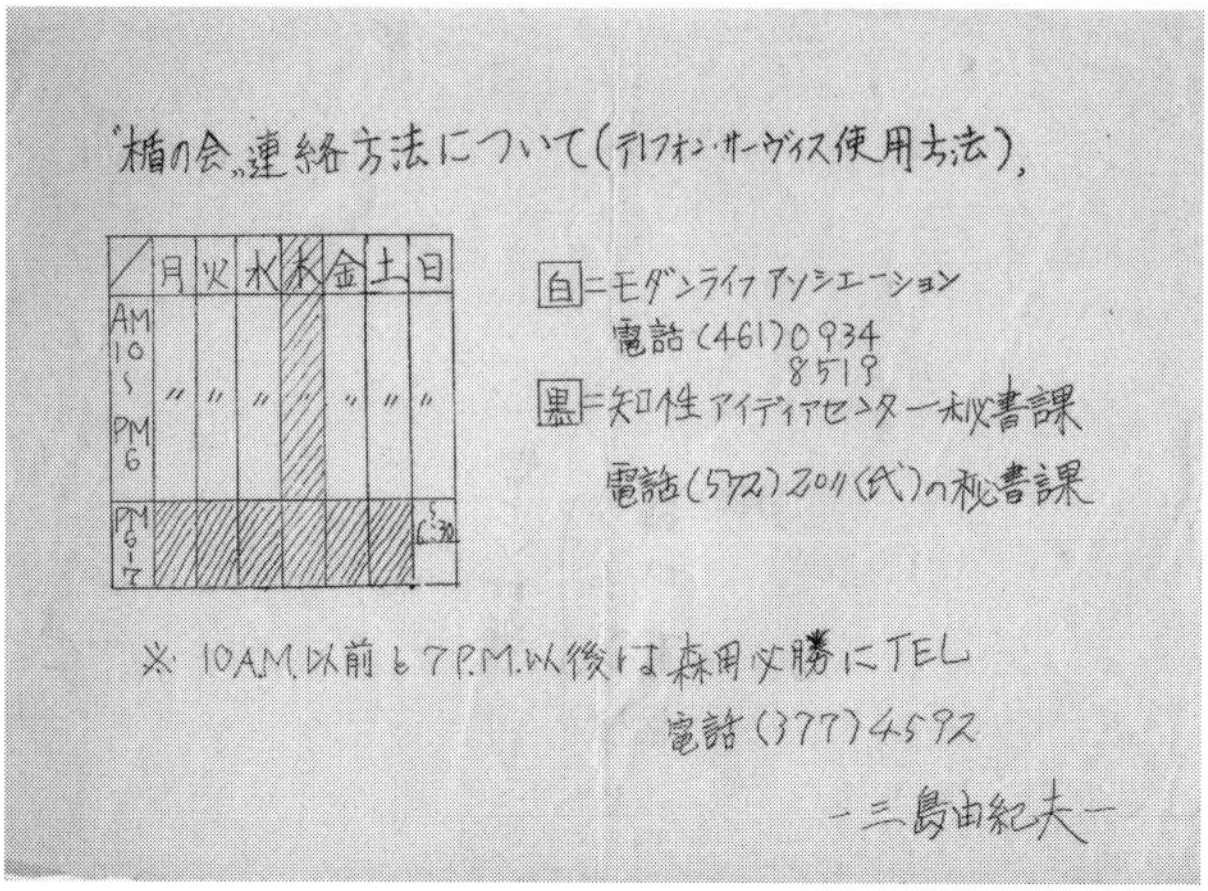

"楯の会"連絡方法について（テレフォン・サービス使用方法）

	月	火	水	木	金	土	日
AM10〜PM6	〃	〃	〃	〃	〃	〃	〃
PM6-7							〜6.30

白＝モダンライフアソシエーション
電話（461）0934
8519
黒＝知性アイディアセンター秘書課
電話（572）2011（代）の秘書課

※ 10A.M.以前と7P.M.以後は森田必勝にTEL
電話（377）4592

―三島由紀夫―

写真3

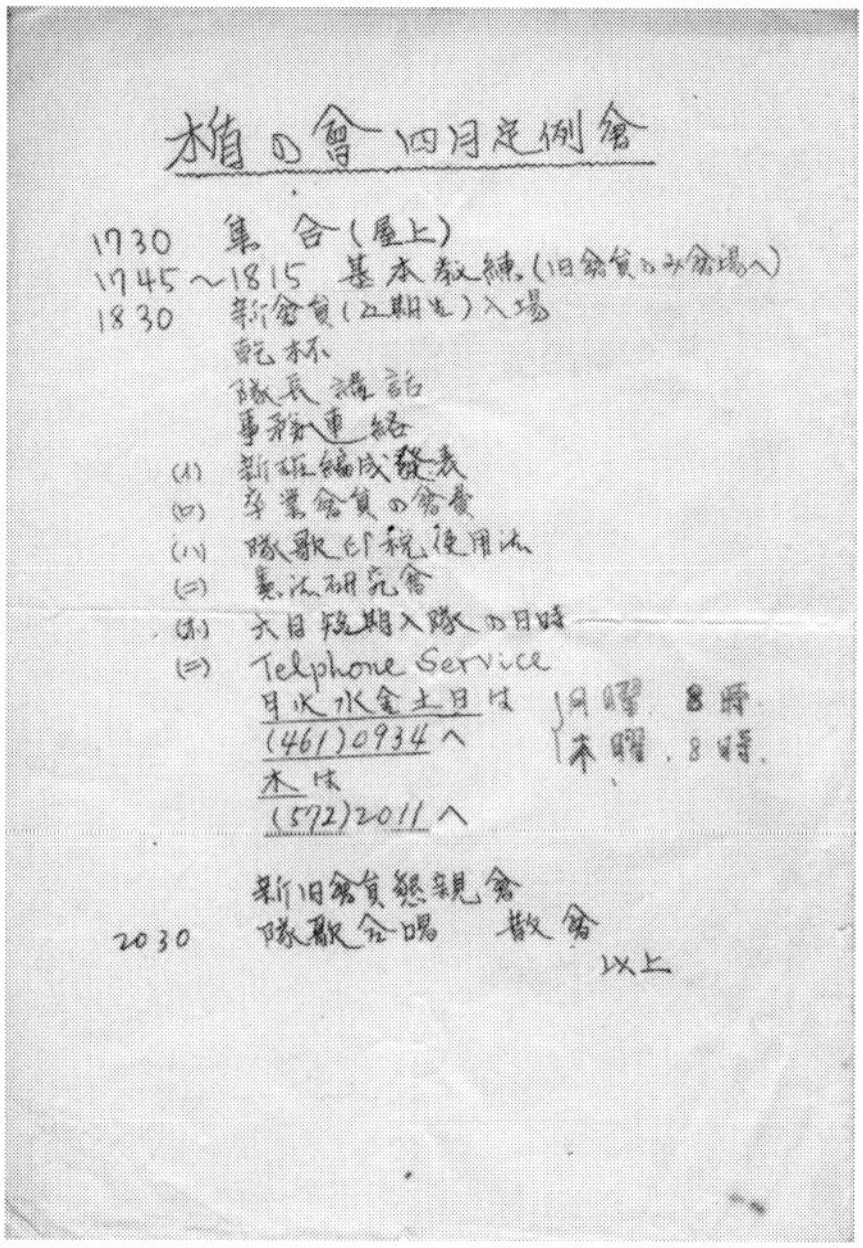

楯の會 四月定例會

1730 集合（屋上）
1745〜1815 基本教練（旧会員のみ会場へ）
1830 新会員（五期生）入場
乾杯
隊長講話
事務連絡
(イ) 新班編成発表
(ロ) 卒業会員の会費
(ハ) 隊歌印刷使用法
(ニ) 憲法研究会
(ホ) 六日短期入隊の日時
(ヘ) Telphone Service
月火水金土日は (461)0934へ
木は (572)2011へ
月曜 8時
木曜 8時

新旧会員懇親会
2030 隊歌合唱 散会
以上

写真4

「手記」に書かれているように森田と長和さんの出会いは、長和さんの勤めていた「フォーンセクレタリーサービス」に始まる。その具体的な内容が今回初めて明らかになった。日に二回または夕方に一回、森田からこのサービスに必ず電話連絡が入った。緊急の連絡がある時には、三島も楯の会会員もこのサービスを利用した。その内容については、具体的なものもあれば、連絡して下さいというだけのものもあり、推測は困難なものもある。

＊

第五回楯の会自衛隊体験入隊は、一九七〇年三月一日から三月二十八日まで御殿場の滝ケ原分屯地で行われた。中日の三月十五日（日）に、長和さんは体験入隊中の森田に、サンドイッチを差し入れする約束をしていた。

ところが、前日の三月十四日の夕方になって森田から「急用で東京に戻っているので、明日の御殿場への差し入れは中止にしてほしい」と連絡して来た。

一期生、二期生、四期生の体験入隊では、一ヶ月間の体験期間中に三島は最初と最後の一週間を共に隊内で過ごし、間の二週間は東京に帰っていた。三島は「豊饒の海」を執筆中であったばかりでなく、その他にも多くの仕事を抱えており多忙を極めていた。

第五回楯の会自衛隊体験入隊では、三月八日から十四日までリフレッシャーが行われた。リフレッシャーは「楯の会規約草案」に「一ケ月の体験入隊を終えた者は、練度維持のため、毎年一週間以上の再入隊の権利を有する」と規定された短期自衛隊体験入隊のことである。

一九六九年三月に行われた第三回楯の会体験入隊でも、期間中一週間のリフレッシャーが行われた。三島は、三月一日から体験入隊を始め、三月九日から十五日まで一期生、二期生と合流しリフレッシャーが終わると一度東京に帰った。

森田が三月十五日に長和さんの差し入れを計画したのは、三月十四日にリフレッシャーが終われば三島はリフレッシャーの会員と共に東京に帰ると考えていたからであろう。しかし、三島は帰らなかった。

三島は一九六五年九月号から月刊「新潮」に「豊饒の海」を連載していた。「春の雪」「奔馬」「暁の寺」と書き続けて一九七〇年二月十九日に「暁の寺」が完成した。二月に書かれた原稿の掲載誌は二ヶ月後の四月号である。続いて最終巻「天人五衰」が始まるが、三島は「天人五衰」の開始を七月号からにすることを新潮社に申し入れていた。七月号の原稿の〆切は五月である。三月と四月は「豊饒の海」の原稿〆切はなくなった。三島は、学生長として初めて体験入隊を指揮する森田と共に、一ヶ月間体験入隊することを選択した。三島は営内でも執筆活動を継続していた。

三月八日に、森田は電話で長和さんの差し入れを確認していた。三月十五日には面会に来る長和さんに「中止」の連絡を入れたのが三月十四日夕方である。このため、三島が森田に決起計画を話したのは九日から十四日の間であり、森田が直前になって「中止」の連絡を入れたことを考えれば、十三日か十四日であった可能性が高い。また、三島が東京へ戻らず隊内に留まることを知ったのもこの頃であろう。三島と長和さんを会わせることはできない。森田は長和さんに東京にいると嘘の連絡をしなければならなくなった。

三島がリフレッシャー終了後も東京へ戻らず隊内に留まったことは、二〇二二年の「新潮」五月号に掲載された滝ケ原分屯地内から川端康成に宛てた三島書簡（三月五日付）に「只今自衛隊にきている」「月末まではここにおります」と書き送っていることで確認された。

いよいよ三島と共に命をかけて行動する時がきた。森田はとても長和さんに会える精神状態ではなかったであろう。

＊

三島事件は、「三島が計画立案、命令し、学生長森田必勝が参画したものである」。事件当日、市谷会館には月例会のために集められた約四十名の会員がいた。約百名の楯の会会員の中で決起に選ばれたのは四名であった。残された会員は事件のことを全く知らされていなかった。

三島は森田をはじめとする同志四人に決起計画を他言するなと命じた。しかし、一人だけ事件のことを知らされていた人物がいた。小川正洋の配偶者である。裁判記録（伊達宗克著『裁判記録「三島由紀夫事件」』講談社、一九七二）には事件の前日十一月二十四日に「婚姻届出をすませた」と記されている。

長和さんは三島事件の約三週間後、十二月二十二日に森田の友人から紹介されて小川の配偶者に会った。そこで聞かされた話は衝撃的であった。

小川が同棲を始めたのが一九七〇年五月から六月頃で、同棲を始めるにあたり、小川は「自分は近々死ぬ予定であること」を話した。小川の配偶者は、決起計画さらに決行日が十一月二十五日であることも事前に聞かされていたというのだ。

長和さんは「そこまで知っていたなら、何故止めてくれなかったのか」と思った。止めない理由がわからなかった。

裁判記録には、十一月十二日に「小川は、森田から同人の介しゃくを依頼され、これを承諾した」と記されている。また、「生き残る三名の間では、三島、森田を問わず、介しゃくは、予定者が実行できないときは、残りのいずれかが介しゃくすることに意思を通じていた」とされ、「俺の介錯をしてくれるのは最大の友情だよ」という森田の言葉が記録されている。

小賀と古賀宛ての命令書は公開されていて、「君は予の慫慂（しょうよう）により死を決して今回の行動に参加し、参加に際しては予の命令に絶対服従を誓った」とある。小賀と古賀の名前を入れ替えると同様の内容で「君の任務は同志古賀浩靖君とともに人質を護送し、これを安全に引き渡したるのち、いさぎよく縛に就き、楯の会の精神を堂々と法廷において陳述することである」と記されている。

一方、小川宛の命令書は公開されていない。裁判記録には、「小川は森田に命を預け、森田は私に命を預けている。そして私は天皇に命を預けている」という三島の言葉が記録されている。三島は小川にどのような命令書を渡したのであろうか。

*

なぜ三島由紀夫は自決したのか。その理由は、檄をはじめ、倉持清並びに楯の会会員宛の遺書、伊達宗克、徳岡孝夫、ドナルド・キーン宛の遺書や多数の評論、自決の一週間前に行われたインタビューなどに三島自身の言葉で説明がなされている。さらに膨大な著書にも死の謎を解き明かす鍵が隠されている。

また、小林秀雄の「この事件の象徴性とは、この文学者の自分だけが責任を背負い込んだ個性的な歴史経験の創り出したものだ」とする評論をはじめ、おびただしい数の評論が書かれており、多くの作家や評論家が死の謎について考察を加えた。しかし、それらを読んでも納得のいく説明が得られたわけではなく、謎は謎のまま存在している。

一方、なぜ森田は自決したのか。その理由を三島は、小賀に宛てた「命令書」の中で、「森田必勝の自刃は、自ら進んで、楯の会全会員及び現下日本の憂国の志を抱く青年層を代表して、身自ら範を垂れて、青年の心意気を示さんとする」ものと説明している。三島本人がこのように記している以上、これにすぐる解釈はないだろう。さらに三島は森田の行動を「鬼神を哭(な)かしむる凛烈の行為である」と評し、「三島はともあれ、森田の精神を後世に向って恢弘(かいこう)せよ」と小賀らに命令した。

また、なぜ森田は三島と共に自決したのか。その理由を長和さんは左記のように説明された。

「人は腹を切っても容易に死ねない。そのために介錯がいる。森田が介錯することで三島は絶命することになる。森田は三島の二人の子供たちから父親の命を奪うことになる。その責任をとるために死ぬ決心を固めたのだ」

*

昭和二十三年は敗戦後の日本が最も貧しかった時代である。この年、森田の両親が亡くなって兄と姉が森田の親代わりになった。森田は三歳であった。彼は決して恵まれたとは言えない幼児期を過ごした。

事件の二ヶ月前、森田は白い夏の制服姿の写真を五、六枚持参して長和さんに見せて選ばせたことがあった。彼女が選んだ写真は森田の笑顔の写真であった。これらの写真は、三島が森田を六本木の千里庵（ウエザビー邸）に連れていって、写真家・矢頭保に撮影してもらったものであった。森田は「誰にも見せないか」と聞いて、長和さんが「見せるかもしれない」と答えるとそのまま持ち帰ってしまった。長和さんが選んだ写真は、事件の後森田の友人により長和さんに届けられ遺影となった。この写真は森田家の仏壇に供えられた写真と同じ写真であった。

＊

三島は世界で最も有名な日本の作家である。その作品だけでなく三島の人生そのものに輝かしい光を与えるものがあるとしたら、それは三島に捧げられた森田の若い命そのものであろう。

三島は、三島文学の翻訳家であったジョン・ネイソンに「自分は天皇に命を捧げ、森田は自分に命を捧げている」と話している。命を捧げるほどの人と会えた森田は幸福だったのだろうか。

森田は、長和さんに「俺には彼女はいないことになっているからな」と言った。これに対して長和さんは、「彼は常に私達のことより三島のことを優先させてきた」「森田の周辺にいた友人は皆、私のことを知っていた。だからこの言葉は三島に対する言葉だったと思う」と記している。

三島由紀夫は、本当に森田必勝に恋人がいることを知らなかったのだろうか。

犬塚　潔

著者

長和由美子

ながわ ゆみこ

1948年8月生まれ。

栃木県出身。

手記 三島由紀夫様 私は森田必勝の恋人でした

令和五年五月二十五日 初版第一刷印刷

令和五年六月 五 日 初版第一刷発行

著 者 長和由美子

発行人 町田太郎

発行所 秀明大学出版会

発売元 株式会社SHI

〒一〇一—〇〇六二

東京都千代田区神田駿河台一−五−五

電 話 〇三−五二五九−二一二〇

FAX 〇三−五二五九−二一二二

http://shuppankai.s-h-i.jp

印刷・製本 有限会社ダイキ

ISBN978-4-915855-47-4